カイル・フォックス・
ジャステーヌ（主人公）
皇国第一皇子　17歳
ルイス・フォンティーヌ
公爵家　長男　17歳
アンジェリカ・
フォンティーヌ（悪役令嬢）
公爵家　長女　15歳
（もうすぐ16歳）
ジェシカ・ローリング
侯爵家長女　16歳
ダニエル
執事　年齢不詳
どうやら
乙女ゲームの
攻略対象に
転生したらしい

ブラッド
学園のマナー担当教師
29歳
ヘンリー・
フォン・ルースト
隣国第五王子　18歳
ロバート・レッドフォード
侯爵家長男
16歳（もうすぐ17歳）
ジャッキー・ファイン
隣国公爵家次男
17歳（もうすぐ18歳）
ミシェル・ローン（ヒロイン）
男爵家長女
15歳（もうすぐ16歳）
ダグラス・ロートン
伯爵家長男
18歳
ヒューイ・ウッドロイド
伯爵家次男
16歳

どうやら乙女ゲームの攻略対象に転生したらしい

著
みなみ
イラスト
雅井ツカサ

contents

プロローグ

ウチの妹が乙女ゲームにハマった。

『君の為に全てを賭けて』そんなタイトルの、中世ヨーロッパをイメージしたファンタジー世界で、貴族たちが通う『ホワイトローズ学園』を舞台にしたキャラクター攻略ゲームだ。

俗にいう、乙女ゲームってやつ。

このゲームは、パソコンソフトが先行して売られ、人気が高かったため、各ハードでもリリースされたというものだった。

妹は、毎日リビングのテレビを占領してそのゲームをしていて、俺に攻略を手伝わせていた。

攻略本はちゃんと出ているのだが、それに沿ってゲームを進めるのは「負けた気がする」らしいのだ……。

「この場合、どっちの返答された方が、お兄なら好感度が上がる?」

などと選択肢が出るたびに、俺に聞いてくる。

俺に聞いて選択肢を選んでいる時点で、『自力』ではないと思うのだが、それは別に構わないらしい。

この辺りの感覚が、俺にはよくわからない。ただ、妹がそう言うのだから、そうなんだろうというだけ。

ここで少し、ゲームの内容を説明しておくと。

ゲームは、男爵の婚外子として生まれたヒロインが引き取られ、貴族の子息・子女が通う全寮制の『ホワイトローズ学園』に入学する所から始まる。

秋の入学式から冬の長期休暇までの数カ月の間に、攻略対象との間に数々のイベントを起こして攻略していくのだ。

攻略対象は通常、同じ学園にいる六人。

さらに全ての対象のルートで、ハッピーエンド・バッドエンド・ノーマルエンド・そして、全てのキャラクターとのフラグを破壊して『お友達』になる事で迎えるトゥルーエンドの全てを見る事で、隠しキャラが現れる。その隠しキャラを入れると、全部で攻略対象は七人になる。

さらに、七人全てのキャラクターの全エンディングを攻略すると、逆ハーレムエンドへのシナリオが解放されるらしい。


妹は逆ハーレムエンドを目指して、夏休み中、必死で頑張っていた。甚だ遺憾ではあるが、それに付き合わされる俺まで、主人公と攻略対象の正しい選択肢の全てを覚えてしまうほどに……。

現役大学生が、妹と夏休み中家に籠もって何をやっているんだとは思うが、妹にお願いされると断れない程度に、俺はシスコンなんだから、しょうがない。

まぁ、俺の協力のおかげで、ゲームの方はハーレムエンドまで後チョットって所まで進んだ訳だが。


それにしても……。

「このヒロインってとんだビッチだよな？　どこが『性格が良くて頑張り屋』なんだ？　まあ、ある意味頑張り屋なのは認めるけどな」

男をたらし込むための努力は認める。

「しかも行動がバカすぎるだろ？　常識もなさすぎるし。婚約者のいる男に、なんで平気で言い寄っているんだ⁇　こんなやつ、リアルにいたら不思議生物認定されるぜ？　なのに、こんなのがヒロインなのか⁉」

たかがゲームに、マジレスしてしまう俺。

そんな俺の意見に、妹はケラケラと笑いながら、

「それは言っちゃらめぇ〜‼」

なんて言っていた。

婚約者がいるとか、忘れられない女がいるとか、そういう障害があるほど、攻略に燃える（萌《も》える？）のだそうだ。

よくわからん。

俺としては、『悪役令嬢』として登場するライバルキャラの方が、よっぽど好感が持てるんだけど……。

隠しキャラの婚約者である公爵家の令嬢として、どのキャラクター攻略時にも登場する彼女。

顔立ちはきつめに描かれているのだが、それでもかなりの美人さんだ。

正義感が強いのか、モブキャラたちから主人公へのいきすぎたイジメに対しては、やめるように注意し庇《かば》うが、主人公への嫌味はしっかり堂々と本人へ伝える。裏表のない、良く言えば実直、悪く言えば馬鹿正直な性格なのだろう。

俺からすれば、彼女がヒロインに対して発する嫌味は、もっともな指摘だと思うのだが、主人公は『自分は公爵令嬢に嫌われているから』と思っているようだ。そして、バカな攻略対象たちも『ヒロ

インタンを虐《いじ》めるな‼』なんて言って、公爵令嬢を非難する。

マジで不思議生物だらけ。

不思議生物に囲まれた中では、貴族としての常識と矜持《きょうじ》を持った正義感の強い公爵令嬢は、『悪役』になってしまうらしい。

全く……、恐ろしい世界だぜ。

あんな世界で生きるなんて、俺ならきっと頭がおかしくなる。

俺は、現代日本で暮らしている自分は幸運なのだと、本気で思ったのだった……。

1 異世界へようこそ

結局夏休み中、妹のゲームに付き合わされてしまった。

まあ、今は彼女もいないんだし、バイトもしてない（在宅ワークってやつはしているが）から、ゲームに付き合うのは構わないんだけど、あの主人公を見るのはとんでもない苦行だった。

妹は俺より一月も早く夏休みが明けたので、一日中苦行に付き合わされるという事はなくなった。

だが、それでも夕食後から寝るまでの時間を、ゲームに付き合わされるのは、かなりツライものがある。

それでもアイツの、「おにいチャーン、お願い☆」に逆らう事ができない、シスコンな俺。

妹が子供の頃からずっと、あいつのそんな甘ったれたおねだりに逆らえた事がないんだよ。

両親が仕事で留守がちだった事もあり、俺がメインで妹の面倒を見てたせいだな、きっと。それが原因で、彼女と別れた事も一度や二度じゃないし。

まぁ、「私と妹、どっちを選ぶのよ⁉」とか言われても、ね……？　大して好きでもない彼女より、当然、家族である妹を選ぶでしょう？

たとえ、それが原因で振られるとわかっていたとしても。

それでも。まぁともかく、だ。

俺は一〇月になって大学が始まるのを、今か今かと待ちわびていた。

大学が始まってしまえば、帰宅時間も遅くなるし、延々とゲームに付き合わされる事もなくなるはずだ！

そして待ちに待っていた一〇月。俺は、大学が始まった事でやっとあの苦行から解放されるのだと、浮かれた気分で駅まで徒歩五分の道を歩いていた。

今日は、一限目の講義が入っている日だ。それに間に合うように家を出ると、中高生たちと登校時間が被る。

なので、駅までの道には、結構な数の学生の姿が見えた。

「あのゲーム、どこまで進んだの？　カイル様の攻略って、ちょっとは進んでる？」

「まだだよ～。アンジェリカのやつがウザくてさ、全然進まないの！　お前にカイル様は勿体《もったい》ないって～の！」

駅まで後少しという所の信号に捕まり、同じく信号待ちをしていた女子高生たちの話をなんとなく聞いていた。

どうやら彼女たちもあのゲームをやっているらしい。

隠しキャラの名前が出ているって事は、かなりシナリオが進んでいるみたいだな。

しかし……。

公爵令嬢ってば、安定の嫌われっぷりだよな。

俺は彼女たちの会話を聞きながら、思わず苦笑してしまった。彼女は、どの対象のルートでも正論をもってヒロインの前に立ち塞がるので、ゲームを進める上では、かなり大きな障害になるのだ。

そのせいで、どうしても嫌われキャラになってしまう。

まぁ、俺としては公爵令嬢、かなり可愛いと思うんだけどねぇ。ＪＫには、あの可愛さを理解するのは、ちょっと難しいのかもしれないよな。

なんて考えながらボーッとしていると、周囲から凄《すご》い悲鳴と衝撃音が聞こえてきた。

「きゃーっ！」

「マジかよっ⁉」

キキキ――――――ッ‼

ド――――――ンッ！！！！

えっ？　なんて思った時には、俺が立っていた場所には、大型トラックが突っ込んできていた。勿《もち》論《ろん》俺がトラックになど勝てる訳もなく、俺の身体は簡単に弾き飛ばされてしまう。

あ、これは確実に死んだな。

そう思ったのが、最後の記憶……。

気がつくと、俺は見知らぬ場所に座っていた。どう見てもここは病院ではないし、死後の世界って雰囲気でもない。

なんだか、やけに豪華な建物だと思う。ちょうど去年、フランス旅行にいった時に見た、観光名所になっている城の内装に、なんだか似ている気がするのだが……。

そして俺の目の前には、何故かガタイの良い外国人が座っていた。

俺もその向かいの椅子に座っていて、目の前のテーブルには、豪華な食事が並んでいる。

一流レストランが出しているメニューのようなそれらの料理を、目の前の外国人は、品のある所作ではあるが、『ガツガツ』と表現したくなるような速度で食べていた。

どうやら俺は今、コイツと食事を摂《と》っている最中みたいに思えるんだけど……。

俺、確か、トラックに轢《ひ》かれたよな？

なんで病院じゃなくて、見知らぬ場所で、見知らぬ外国人と飯を食ってるんだ⁇

それに……。

目の前の外国人。

勿論俺に、こんな外国人の知り合いはいない。

刈り上げた赤茶の髪に、茶色の瞳、格闘家のような筋肉質なガタイの良い身体。

『ハリウッド俳優』と言われても納得しそうな、こんな見た目の良い外国人なんて、純正ジャパニーズな俺の、知り合いな訳がない。

でも……、なんかこいつ、見た事あるような気がするんだよな……。

「カイル、明日は入学式だな。オレもお前も、とうとう婚約者に見張られた学園生活が始まっちまうんだぜ？　本当に今日は『最後の晩餐《ばんさん》』だよな」

目の前の外国人が、気障《きざ》ったらしくウインクしながら、俺に話しかけてきた。

なんかコイツ、うぜぇ。

しかし……。こいつ、外国人の割に日本語上手いよな。

俺は、混乱する頭でそんな事を考えていた。

だが……、なんでこいつは俺に話しかけてくるんだ？　見た事があるような気はするけど、多分初対面だろう人間に、普通、こんなフランクに話しかけるものか？　しかも、俺の名前、違っているし。

頭の残念な外国人さんなんだろうか？　俺を誰かと間違えているとか……。

だって俺の名前は……。

そこまで考えた時、激しい頭痛に見舞われ、俺はその場で意識を失ってしまったのだった……。


意識を失った夢現《ゆめうつつ》の中で、俺はようやく現状を理解した。

何故なら、俺の頭の中にカイル・フォックス・ジャステーヌの、物心がついてから今までの記憶が流れ込んできたからだ。


どうやら俺は今、あのゲームの隠しキャラになってしまっているらしい。

これが死ぬ前に見ている夢なのか、それとも、今ネットで流行りの、『乙女ゲーム転生』ってヤツなのかはわからないが、取り敢えずこれが、俺にとっての現実ではあるらしい。

夢なら一時的なものと割り切って楽しんで過ごすだけだが、もし、転生なのだとすれば、覚悟を決めて生きていく必要がある。

俺がここに来ている経緯を考えれば、夢オチという線は薄い気がする。

それならば……まあ、覚悟を決めてこの世界を楽しむしかないよな？

俺にとって、『今』は現実なんだから。

覚悟が決まると同時に、スッと意識が浮上していくのがわかった。どうやら、目が覚めるらしい。

覚めた先の世界が日本である事に微《かす》かな期待を持ちながら、俺はゆっくりと目を開いていった……。

結論から言うと。

俺の期待は、叶《かな》わなかった……。

全く知らない場所のはずなのに、何故か見慣れている天蓋を眺めて、ここが日本ではなくあのイカれた乙女ゲームの世界である事を、再認識する。

どうやら食堂で倒れた俺は、自室に運ばれたらしい。

これからの自分の人生を思うと、泣けてくる。

俺が転生（?）してしまったのは、隠し攻略キャラとされているカイル第一皇子だ。

このままこの人生を生きるとするならば、俺はゆくゆくこの皇国を背負っていかなければならない立場だ。

しかも、他の攻略者の中にも、将来の側近になるはずの人物が三名ほどいるのだ。

もし、ゲームでの性格がそのままだとするならば、あいつらは不思議生物確定だ。言語的コミュニケーションを取れるとは思えない。

そんな不思議生物を側近として国を治めるなんて、まさしく「それなんて無理ゲー?」だぞ?

せめて幼少期にでも転生していれば、他の側近を探すなり、奴らを矯正するなりできたものを……!

だが、せめてもの救いは…………。

婚約者がマトモって事だな。

彼女ならきっと、常識ある素晴らしい王妃になってくれるだろう。しかも、俺にとっては、かなり好みのタイプときた。

これくらいのご褒美がなければ、こんな世界で生きていくなんて、絶望でしかないもんな。

カイルは彼女に対して、義務的・政略的な割り切った想いと、妹に対するような感情しか抱いてなかったようだ。

しかし、俺にとっての彼女は、こんな世界でこの先『重責』を担う事への、ご褒美的存在だ。是非とも、上手くやっていきたいと思っている。

だが、彼女の方はどうなのだろうか？　カイルに対して恋愛的な思いはあるのか？　それとも……。

俺がゲームを見ていた分では、惚《ほ》れていると思うんだが……な。

俺の常識では、結婚はお互いが相手に愛情を持っていて初めて成立するものだと思っている。

しかし、この世界では政略的な所が多分にある。

彼女は、政略的な部分においての問題は全くないのだから、残るは感情のみ。

俺はまあ、ゲームを見ていた時から、彼女に対して結構好意は持っていた。あのビッチなヒロインと比べれば、マジ女神って感じだ。

実際に会ってみなければ、愛情を持てるかはわからないが……。

努力をして愛せるようになるとは思っていないが、良好な関係を保つ事で親愛の情は湧くはずだ。

不思議生物な側近たちをどうするかも問題ではあるが、国母となる彼女と良好な関係を持てるのかは、もっと重要な事だろう。

なので、何よりも先に、まずは彼女と接触してみなければ！


え？　ヒロイン？

あのビッチが、俺のこれからの人生に関わる事などない。断じてない！

頭の悪いビッチは、適当に遊ぶにはもってこいだろうが、俺の今の立場はそれが許されるものではない。

全ての行動に重い責任がかかってくるんだ。

なので、アレはスルーする。全力で。

俺のスルースキルはかなりのものだからな。まあ、何も心配はいらないだろう。


そうと決まれば。いつ、令嬢に逢《あ》いにいこうか？

逢いにいくなら、少しでも早い方が良いよな？


俺は、この世界で生きていくための活力となるだろう令嬢に、どうすれば早く逢いにいけるのかと、その方法を考えていた。

今俺がいる場所は、全寮制の『ホワイトローズ学園』なので、大義名分がなければ、容易に外出する事ができないのだ。

そういえばあの外国人……。明日は、『入学式』とか言っていたよな。

なら、彼女をエスコートするのは俺の役目だし、その時に逢えるよな？

食堂で外国人が話していた事を思い出し、彼女に逢う理由ができた事を喜ぶ。

つられて、あの外国人の、うざいウインクも思い出し、さらに外国人の素性を思い出した。

そういや、あいつって……。

攻略対象の一人、侯爵家のロバートじゃね？

ビッチに入れあげて、公衆の面前で『婚約破棄』とかやらかそうとして、婚約者の親友である悪役令嬢――アンジェリカ――に扇で張り倒されてた不思議生物。

それから、アンジェリカを目の敵にし始めて、事あるごとにアンジェリカに食ってかかるようになった男。アンジェリカ自身は相手にしていないが、しつこく食ってかかられるので、ヒロインや他の攻略対象に嫌味や苦言を言う機会が、そのせいでかなり減らせるようになるんだよ。

そのおかげで、ビッチが他の攻略対象に接近しやすくなり、落としやすくなるんだったよな、確か。

全ての攻略シナリオにおいて、安定のお助けキャラにもなる、攻略の要として存在する男。出会いイベントさえ済ませれば、どの選択肢を選ぼうが好感度が上がるチョロさ。

『バッドエンドを出すのが、こんなに難しいキャラもそういないよね』なんて言われる、素晴らしき攻略対象。それがロバートという男なのだ！

うん、素晴らしい咬《か》ませ犬だよ、ロバートくん。

「ぷっ！　……っククク！」

俺は、ロバートの設定を思い出し、思わず吹き出してしまった。

その声で、俺が目覚めた事に気づいたらしい執事が、天蓋のカーテンを開けて心配そうな表情で俺に話しかけてきた。

「殿下、御目覚めになられたようですね。……お加減は、如何《いかが》ですか？」

『セバスチャン』てな感じの、いかにもな見た目の執事が、心配そうに様子を窺《うかが》ってくる。

見た目的には三〇代前半て感じだが……、年齢不詳だな。絶対に見た目通りじゃないはずだ。

ブルーグレーの瞳も、銀色がかったダークブルーの髪色も、ピシッと着こなされた執事服にとてもマッチしている。その姿は、貫禄を感じさせる。

「ああ。心配をかけたな、ダニエル。体調は、特に問題ない」

「左様でございますか。しかし、念のために医師には診て頂こうと思います……。今から、よろしいでしょうか？」

「何も問題はないと思うが……。まあ、入ってもらってくれ」

大袈裟《おおげさ》だとは思うが、自分とダニエルの立場を考えれば、この流れは当然の事だよな。

俺はゆっくりとベッドから半身を起こし、寝室に入ってきた医師の診察を受ける。まあ、勿論なんの異常もない訳だが。

診察の結果は、多分疲労が原因ではないかと言われ、明日は一日休むように指示されてしまったのだが……、それはマズイ。とても困る！

明日は入学式だ。そう、アンジェリカが入学してくるのだ！

俺には婚約者として、彼女をエスコートする義務と権利がある！

どんな女性なのか、カイルの記憶からではなく、『俺』の目で見て判断せねば。

こいつってば、アンジェリカには割り切った感情しか持ってないから、流れ込んできた記憶からじゃ

『貴族としての評価』しかわかんねーんだよ。やっぱり、自分の目で確かめる事って大事だろ？

……。いや、もう正直に言おう！　好みの女性に、少しでも早く逢いたい‼

実際に会ってもヤッパリ好みだったら、速攻で口説く！　俺の、ラブラブで充実した学園生活のために‼

彼女は俺の婚約者で、ご褒美なんだから、何も問題はないはずだ！

俺は必死に医師とダニエルに交渉して、入学式だけは出席を認めてもらい、その後の歓迎パーティーは欠席するという事で、なんとか明日の外出許可をもらったのだった。

翌朝、俺はウキウキと学園寮から彼女の屋敷まで、馬車で迎えにいった。

あ、この学園なんだが。

一五歳～一八歳までの貴族の子息・子女が社交を学び、新たな人脈を築き、自分たちで独立した自治を行うようにと、全寮制になっている。寮は女子と男子で棟が分けられており、寮の部屋はそれぞれ個室が与えられる。部屋の中は身分に関係なく同じ造りになっていて、主寝室と、接客にも使えるリビング、使用人の部屋が三部屋と、中々充実した造りになっている。

連れてきて良い従者は、執事が一人、従僕・侍女がそれぞれ二人まで。これは、どんな身分でも例外は認められない。

執事が護衛を兼務するので、護衛を別につける事も禁止されている。従者を増やす事で、不審者が紛れ込みやすくなるのを防ぐためというのが、一番の理由らしい。

家庭の事情で専属執事を連れていない学生もいるが、そういう生徒の執事業務は従僕が代行したり、学園に所属する執事たちが手助けしたりしているのだ。

専属執事がいないという事は、護衛がいないという事であるが、学園のセキュリティーはそれなりに高いので、外部からの侵入はまずありえない。そして、専属すら持てない貴族に、政治的なトラブルが起こるはずもない。

もし立場を弁《わきま》えずに問題を起こした場合は、自業自得と見做《みな》されるのだ。

食事は、それぞれの寮にある食堂を利用する事になっているが、別に部屋で食事を摂る事も許可されている。そのため、執事に割り当てられる部屋には、簡易のキッチンが常設されているようだ。

学園での服装は、紺色と白を基調としたブレザー風の制服が用意されており、学園内では寮内以外はこの服装で過ごす事が規則になっている。

男子はネクタイ、女子はリボンタイの色で学年がわかるように、一年は赤、二年は青、三年は緑と色分けされている。

色々突っ込みどころはあるが、元々がゲームの世界なんだし、まあこんなもんなんだろうな。

そしてこの学園では、他国からの留学生も受け入れており、国際交流と政治的な繋《つな》がりもしっかり作れる環境になっている。

また、婚約者の決まっていない子息・子女たちは、ここで相手を探すのが一般的といわれていて、ある種『集団見合い会場』としての役割まで担っていたりする。

『全寮制』という環境が、ある程度の開放感と緊張感、そして責任感を上手く刺激して、将来、社交の場や公務に携わる時の、基礎を作ってくれるのだ。

親元を離れ『治外法権』となる場所で、人間関係を築いたり己を磨く事は、必ず将来の糧となるのだろう。

学園側も、それを目標に講義を組んでいるようだしな。

なんて設定を思い出しているうちに、彼女の屋敷に到着だ。

先触は出しておいたので、家の者がしっかり出迎えてくれていて、その先頭に公爵夫妻と、本日の主役であるアンジェリカが笑顔でオレの到着を待ってくれていた。

馬車を降りた俺は、笑顔で公爵夫妻に近づいていく。お互いに挨拶を済ませた後、俺はとっておきの笑顔を彼女に向けた。

真新しい制服姿も初々しく、キツく見られがちの彼女を、どこかあどけなく見せているような気がする。

ヤッパリ好みだ。正に、どストライク！

なので、早速口説きにかかる事にした。

都合の良い事に、彼女は俺の婚約者なんだし、口説き放題だよ。

「学園までエスコートさせて頂いてよろしいですか？　私の姫？」

わざとらしく、胸に手を当て礼をした後、白い手袋に包まれた彼女の細い指先に口づける。

そのまま、上目遣いでアンジェリカの様子を窺うと、彼女は眉間にしわを寄せて難しい顔をしていた。

今の挨拶、外しちまったか？

なんて思いながら、彼女をもう一度観察すると、なんだかプルプルしている。そして、髪に隠れてよく見えないが、耳は真っ赤になっているようだ。

「え、ええ。よろしくお願い致しますわ、カイル様」

答える声も、震えている？

これって、もしかして……さ？　照れてるだけだったりとか、する？

確信を持つためもう一押ししてみる事にしよう。

そう思った俺は、優雅に彼女の手を引いてエスコートし、馬車の中へと招き入れた。彼女を先に席に座らせ、その隣に俺が腰を下ろすとすぐに、外から扉が閉じられ馬車は出発した。

「今日もとても綺麗《きれい》だね。アンジェリカ」

走り出した馬車の中で、早速俺は、彼女の瞳を見つめながら、再び手袋に包まれた手の甲を唇に引き寄せ、甘く笑ってみせた。

ボンっ‼　なんて音が聞こえそうなくらい、キツめな美人顔が真っ赤に染まる。

意志の強そうな、つり目気味のアメジストのような瞳も、若干潤んでいる気がする。しかし、表情はやっぱり不機嫌そう。

これは……やっぱり、照れていたんだな。

どうやら彼女は照れると不機嫌な表情になるらしい。

頭の中はすげーパニックを起こしているらしく、「え、あ……、あ……」なんて小さく呟《つぶや》きながら、目が泳いでいる。

すっげー、挙動不審。

「ぷっ！」

その姿が何とも可愛らしくて、思わず吹き出してしまった。

「っ！　おからかいにならないで下さいませ‼」

真っ赤な顔のまま、アンジェリカが怒ったように俺に抗議する。

「からかってなんかいないよ。君があまりにも可愛らしいから……」

「……っ‼」

『すげー可愛い』って感情そのままに笑顔で告げると、『え？　まだ赤くなれるの？』てな具合にさらに真っ赤になり、そのまま黙ってしまった。

口元に寄せていた手を繋いだまま二人の間に下ろし、時折擽《くすぐ》るように撫《な》でながら刺激を送る。

そのたびに恥ずかしそうにチラチラと俺を見てくる訳だが、嫌がる素振りは一切なし。

「ん？　どうかした？」なんてわざとらしく笑顔を向けても、「あ……、いえ、何も」と俯《うつむ》いてしまう。

これって、確実に俺の事好きでしょ？

カイルの記憶のどこを探しても、こんな状態の彼女は見当たらない。

今までにも社交辞令の挨拶や、手袋越しのキスなんて何回もしているみたいだけど、こんな表情を見せた事はなかったようだ。

どうやら、今の俺の笑顔には、かなりの破壊力があったらしい。

学園へ到着すると、正門の前で馬車を降り、入学式の会場までの並木道をゆっくりとエスコートして歩く。

今の季節だと、緑の盛りも終わり、徐々に木々が色づき始めた状態だ。そんなロマンを感じる並木道を、アンジェリカと一緒に歩けるなんて、かなり幸せだ。

そんな中で言いたくはなかったのだが、共に歩く道すがら、この後の歓迎パーティーに俺は出席できない事、後のエスコートは俺と同学年で彼女の一つ年上の兄、ルイスに託してある事を伝えた。

「わかりましたわ。……昨日、倒れたとお聞きしています……。そのような体調でここまでエスコートして頂いて……、それだけでも嬉《うれ》しいですわ。ありがとうございます」

彼女も昨日俺が倒れた事は知っていたらしく、笑って了承してくれた。

彼女の瞳にあるのは、俺への心配と感謝。しかし、少しの寂しさも含んでるように感じてしまうのは、俺の願望か？

ちょっとションボリして、俯いているように見えるのは、俺の妄想が見せる幻覚じゃないよな？

幻覚じゃないのなら、彼女を慰めるのは俺の役目だよ、な？

「ごめんね、アンジェリカ。本当は今日一日君のエスコートをしたかったんだが、医師と執事の許可が下りなくて、ね……」

そう言いながら、少しずつ彼女の頭に顔を近づけていく。

スッと周りを確認すると、上手い具合に周囲には誰もいない。

「……この埋め合わせは必ずするから、期待してて？」

頭頂部に唇を落とし、続いて、ビックリして立ち止まった彼女の耳元に唇をつけ、そっと囁《ささや》いて伝えた。最後のオマケで頰にも軽く口づける。

決まった。トリプルコンボ！

だがこれは、恋愛初心者に対する練習みたいなものだ。俺の本気の口説きは、もっと凄いぞ？

だが……。どうやらアンジェリカには刺激が強すぎたようで、彼女は動かなくなってしまった。

口をパクパクとさせているが、音にはならない。言葉も出ないようだ。


しまった！　初端《しょっぱな》から、やりすぎた。


そう思った俺は、処理能力の落ちたパソコンみたいになってしまった彼女の背中に手を添え、そっとエスコートを再開した。

その後は、誓って、エスコート以外はしていない！

しかし結局、会場に到着するまで彼女の『エラーコード』が解除される事はなかった……。


初《うぶ》すぎるアンジェリカが、マジ可愛すぎる件……。

医師との約束通り、入学式が終わってルイスに彼女を預けると、俺は音もなく現れたダニエルに捕獲され、あっという間に自室へ連れ帰された。

自室に着くなり、すぐさま着替えさせられ、ベッドへと追いやられてしまう。

ベッドに横になり、天蓋を見つめながら考えるのは、勿論アンジェリカの事だ。

見た目も反応もモロ好みで、スゲー可愛かった。

一つ一つの動作が、俺の好みのどストライクなんだよな。勿論、見た目もね！

紺碧《こんぺき》って具合の、長い毛先が巻かれた髪も、意志の強い宝石のような紫の瞳も、細っそりとした指も、細くて、しかし必要な肉はしっかり付いている体も。

流石《さすが》は、ご褒美的存在！　ホントに全てが、俺好みだった。

そして、気の強そうな美人が俺の挙動にいちいち翻弄される姿は、正にギャップ萌えだ。

性格もゲームの通りなら好ましいはずだし。コレばかりは見極めるには時間がかかるだろうが、まぁ、まず外さないだろう。

て、いうか。一目惚れしちまったよ。いや、マジで可愛すぎるから。

絶対に俺のものにするって決めた！　まあ、既に俺の婚約者なんだけどね？

もっともっと、俺にメロメロに惚れてもらうって意味でさ。

確実に好かれているとは思うが、安心はできない。

ありがたい事に、カイルの見た目は最高級だ！　『The王子様』ってな感じの金髪にグリーンの瞳。そのルックスから出る甘い笑顔は、ゲーム攻略中の妹も悶《もだ》えるほどだった。

この容姿をフルに使おうではないか！

こんなルックス、こういう時に使わなきゃ、勿体ないからな。宝の持ち腐れにするつもりはないのだ。

俺の持てる全てを投入して、気合を入れて口説き落とす。

今日の感触では、彼女は口説かれる事に耐性がないみたいだった。なら、最初は言葉と少しのスキンシップから始めないとな。

最初から全力を出すと、逃げられる恐れがある。

少しずつ耐性を上げていって、一月くらいでハグとキスができるようになれば良いかな……。

焦らず、少しずつ彼女を俺のものにする！

俺は今日の彼女の反応を思い出しながら、そう誓ったのだった。

2 どうやら
俺の攻略ルートが始まったようだ

翌朝、食堂で朝飯を食っていると、思わぬ噂話《うわさばなし》を聞いてしまった。

どうやら、ロバートが婚約者のエスコートをそっちのけで他の女に構っていたらしい。

その女っていうのは、まあビッチな訳だ。

しかし、男子寮でこれだけ噂されるって事は、女子寮ではきっと、もっと凄い事になっているんだろうな……。


ジェシカ……、泣いてなければ良いが。


ロバートの婚約者でアンジェリカの親友でもある、おっとりとした大人しい侯爵令嬢のその時の様子を想像すると、胸が痛む。

傷ついている事がありありとわかる彼女を見て、きっとアンジェリカもショックを受けた事だろう……。


……そういえば、ゲームでのあいつらの出会いイベントって、入学式だったっけ？

確か、会場の外で迷子になってたビッチを、ロバートが助けてやるってシナリオだったはず。

しかし、その後の歓迎パーティーでは、何も起こらなかったような……。

って待てよ？　コレって、シナリオから考えたら、隠しキャラ攻略ルートに入ってんじゃねえの？

もしかしたら、逆ハーレムルートかも？

て事は、アンジェリカ……。二人に対して、強烈な嫌味ぶちかましてるはずだよな。

ルイスが側《そば》にいたんだから、多少のフォローはしていると思いたいが……。ジェシカが関わる事だし、ルイスのフォローは当てにできない、か……。

後で、詳しい情報を聞いておかないとな。


朝食の後、ルイスの部屋を訪ねて、昨日はどうだったかそれとなく尋ねてみた。

案の定、アンジェリカは、強烈な嫌味をお見舞いしたようだ。それを、「うちの妹はやっぱり最高だよね」なんて黒い笑顔で讃《たた》えている、シスコンなルイス。

いや、アンジェリカが最高なのは、俺だって認めますよ？　でも、俺が言いたいのはそういう事じゃなく、アンジェリカの評判がどうなるのかって事で……。

「だって、ロバートみたいな脳筋は、あれくらい言われて当然でしょ？　ジェシカ、泣いちゃってたんだよ？　周りのバカな女たちには、聞こえよがしに嘲笑されてたしさ」

ブルーの瞳を眇《すが》めて、首を傾《かし》げる。その時にサラリと頬にかかった薄茶の髪も、コイツのお綺麗な顔を引き立たせていた。

やばい、ルイスが本気でキレている。程度的には、激おこくらいか？

多分、アンジェリカが嫌味を炸裂《さくれつ》させてくれたおかげで、その程度で収まっているのだろう。

そう考えると、アンジェリカが騒動の中心に立ったのは、ルイスの怒りを抑えるため、か……。

こいつはいつも、とても静かに黒ーくキレる。（カイルの記憶）

ジェシカってのは、ローリング侯爵家の令嬢で、ルイスとアンジェリカの幼馴染《おさななじみ》だ。

カイルも彼女の事は子供の頃から知っているが、記憶では従順な「癒し系」ってな感じの可愛らしい容姿をした少女だった。

ルイスにとっては、もう一人の妹みたいなものだ。

……まあ多分、それだけじゃないんだろうけど、な。


俺は子供の頃に見た、ある光景を思い出した。


俺やルイスは子供の頃からこの見た目と家柄のため、周囲に打算と押しつけがましい好意に溢《あふ》れた人々に囲まれる事が多かった。

そんな俺たちに容易に近づく事ができる女の子は、アンジェリカとジェシカの二人のみ。他に仲の良い同年代の女の子もいるのだが、この二人は特別だった。

そんな二人は、俺たちに近づきたくても近づけない奴らからすると、嫉妬の対象となる。

アンジェリカはルイスの妹という事もあって、さほど標的にはならなかったようだが、ジェシカは恰好《かっこう》の的になってしまったのだ。

家柄的に表立って何かを仕掛けるヤツはいなかったが、大人しい彼女の性格を見越して、隠れて嫌がらせをしたり本人に聞こえるように嫌みや悪口を言うヤツは山ほどいた。

まぁ、そんな卑怯《ひきょう》なやり口に気づかない俺たちじゃなかったけどね?

可愛い幼馴染に卑怯な嫌がらせを仕掛けてくる奴らに、どうやって意趣返ししてやろうかと相談した俺に、ルイスは「カイルは手出ししなくて良いよ。僕が片を付けるから」と実に真っ黒な笑みを見せたのだ。

その後、ジェシカに嫌がらせをしていた奴らは、次々と俺たちの周囲から姿を消していった。親族から田舎へ追いやられた者、一族諸共に潰された者と、ジェシカへの嫌がらせの程度によって対応は違ったようだが、彼女に対して誰が何をやったのかの詳細を把握しているルイスがとても怖いと思った。

そんな制裁を平然と加えたのが、一〇歳の子供だというのがまた恐怖だろう?

「僕に喧嘩《けんか》を売ったんだから、このくらいは覚悟してたはずだよ?」

なんて笑顔で言われた日には、トラウマものだよ?

俺はこの時、「絶対にコイツを敵に回してはいけない!」と強く思ったんだ……。


そんな事を踏まえて考えると。

腹黒シスコンキャラのルイス(カイルの記憶)が、ゲームの中で殆《ほとん》ど出てこなかったのは、ジェシカの心のケアを優先していたんじゃないかと、俺は思っている。

どのルートでも、ジェシカとロバートの婚約破棄イベントは起こるようになっていた。その後ジェシカがどうなったのかは、ゲーム内で語られる事はなかったが、この人物関係を考えるに、多分ルイスに癒されていたんじゃないかと思うんだ。

だから、攻略対象になっていないのが不思議なほどのルックスとキャラなのに、ルイスは攻略対象の中に入っていないのだろう。きっとキャラ設定を作り込んでたら、ビッチの付け入る隙がなくなったんだろうな。

ゲーム内でのルイスの扱いは、出番が少ない割には扱いがとても良く、そこには制作者の愛が見えてた気がする……。

妹の事はカイルに任せて、自分はジェシカの心のケアに全力を注いでいたんだろう。

まあ、カイル攻略ルートでその信頼は裏切られてしまう訳だが。

だが、俺はあんなビッチには絶対に靡《なび》かない。なので、ルイスの信頼を裏切る事などないのだ！

ルイスの話によると、どうやら、パーティー会場でアンジェリカがやらかした場面を見ていた周囲の反応は、概《おおむ》ね彼女に好意的だったようだ。それなら、周囲の評価や噂への心配は要らないかな？

まあ、様子を見ながら必要に応じてフォローしていくとしよう。

俺はそんな風に思いながら、講義前にアンジェリカに会いにいく事を決めた。

確か、新入生の今日の予定は、午前が諸々の説明で、午後からは親睦会を兼ねたお茶会だったはずだよな？

俺も午前中の説明の際に、挨拶に来るよう言われている。

本来なら、昨日の歓迎パーティーの際に行うはずだったものだ。

なら、アンジェリカを迎えにいって、そのまま一緒に会場に向かえばいいかな。

そう思った俺は、女子寮に向かうため、一度自室へ帰る事にした。

気分は急ぎながらも、優雅に自室の前まで戻ってきたら、俺の部屋の前には何故かロバートが立っていた。そして、俺の姿を認めるなりこちらに駆けてくる。その姿には、優雅さの欠片《かけら》もない。

さらに言うなら、他人の部屋を訪ねる時には、上位貴族なら必ず先触を出すものだ。それは、相手の不在を確かめる事以上に、人に会う準備をする時間を作るためでもある。

そんな、貴族として当然の行動をとる事さえできないロバートには、それを注意して理解させる事も難しい。なので、最初から無駄な事はせずに、常識についてはスルーしておく事にする。

「やあ、カイル！」

「おはよう、ロバート……。何か俺に用かな？」

「いや、ほら。昨日のパーティーに、お前来てなかっただろう？　どうしたのかと思って、さ……」

そう言いながら、ロバートは落ち着きなくキョロキョロと目を泳がせている。

こんな所までやってきて、何の用だろうか？　……ってか、なんか挙動不審だな……。

これは……、もしかして……。

俺はちょっと鎌をかけてみる事にした。

「その前の日に倒れたせいで、ドクターストップがかかってな。……それよりもお前、聞いたぞ？

昨日のパーティーで、結構な騒ぎを起こしたらしいじゃないか？」

多分その件で、何か俺に言いたい事があるんだろう。

「あ、あの騒ぎは、俺じゃなくてお前の婚約者がだな！」

案の定、ロバートは、堰《せき》を切ったようにアンジェリカに言われた内容や、自分の正当性を必死に言い訳し始めた。

ああ、因みにこいつが俺に対してこんな偉そうな喋《しゃべ》り方なのは、カイルが自分の友人たちに『公私』の『私』の部分においては友人として接するように言っているからだ。

大人の目の届かない学園生活の間は特に。

しかし、いくら学園にいる間は多少の自由が許されているとはいえ、最低限のルールぐらいは守ってもらわないとな。

昨日のロバートの振る舞いは、明らかに貴族の常識を逸脱した行為だった。その行為のせいで、こいつが恥をかくのは自業自得だとしても、それ以上に婚約者を貶《おとし》めるんだって事を理解させる必要がある。これは先触を出さないなんて事とは、ものが違うのだ。

昨日の被害者は、ロバートのせいで恥をかかされたジェシカであって、人前でアンジェリカに嫌味を食らったお前じゃない。

お前のは、自業自得なんだ。

それを理解させるため、俺はコイツみたいな不思議生物でも理解できるように言葉を選んだ。

「だがな、ロバート。ここがいくら『学園』で、本当の社交界ではないといっても、最低限としての貴族の振る舞い、ルールを守る必要はあるんじゃないか？」

「……それは、そう……、だが……」

「お前の行動は結局、婚約者を傷つけた上に、周囲の嘲《あざけ》りを受けるように誘導したんだぞ？　それを考えれば、たとえアンジェリカに嫌味を言われ、プライドを傷つけられたのだとしても、それは自業自得じゃないか？」

突き放すように、やや冷たく言ってやる。

これで理解してくれれば良いが……。いや、無理か。

この程度で理解してくれるなら、こいつは『脳筋バカ』だなんて呼ばれていたりしない。理解しなくて、この年になっても常識が身に付いていないからこそ、そう呼ばれるのだ。

しかしこのままでは、この『脳筋バカ』の事だから、変にアンジェリカに絡んでいきそうだよな。

……なら、もう一押ししておくか。


「お前に嘲りの目がいく事で、婚約者がそれを回避できるのであれば、その方が数倍良いだろう？　それが紳士として、傷つけてしまった女性への責任の取り方じゃないか？」

少し声のトーンを優しくして、微笑んで言ってやる。

それだけで、ロバートの機嫌は急上昇した。

「そ、そうだな！　俺は、自分への醜聞で婚約者を守った紳士、だよな‼」

若干ロバートの顔がにやけている。こいつは紳士道、騎士道という言葉に弱い。近衛騎士団長を務めるレッドフォード侯爵は、理解の悪いコイツにわかりやすいよう、全てにおいて紳士道・騎士道を絡めて教育していたようだった。

だからロバートには、紳士道や騎士道を絡めて説明してやる必要がある。っていうか、そうしないと理解ができない。

その代わり、この二つのキーワードを絡めるだけで、簡単に納得してくれるのだが……。

しかし……。やっぱり、こいつはバカだ。

きっと頭の中では「自分を犠牲にするオレ、カッコイイ。マジ紳士！」とでも思っているんだろう。

こういうバカを見ていると『イラッ』とするが、アンジェリカのためだと思って我慢しよう。

そう考え、嫌味を我慢している俺に対して、あいつは爽やかに笑って、

「まあ、あんなキツイ婚約者がいるお前の方が、オレより色々と大変だよな！」

なんて言って、俺の肩を軽くポンッと軽く叩《たた》くと、「お互い頑張ろうぜ、じゃあな！」なんて、言

いたい事だけ言って、来た時と同じように走り去っていった。

………………ロバート、お前は俺に喧嘩を売っているのか？

あのバカのせいで、彼女に会う時間が無駄に減ってしまったじゃないか‼

俺は自室に戻るとすぐに、彼女の元へ先触を出す。

しかし、彼女に会いにいくのに花の一つも用意できていない事に気づき、さてどうするかと室内を見回してみた。

たとえ何も持たずに会いにいったとしても、アンジェリカはきっと嫌な顔一つしないだろう。でも、俺がそれを許せない。

何か代わりはないものかと頭を捻《ひね》っていると、俺の彼女への気持ちを表現するのにピッタリなものが視界に入った。こんな間に合わせなものを贈るのはどうかとも思ったが、現状でこれ以上に俺の気持ちを表現できるものはない。

そう考えた俺は、自室に生けられている花瓶よりピンクの薔薇《ばら》を一本抜き出し、棘《とげ》が付いていない事を確認するとそれを持って彼女の元へ向かった。

俺が女子寮に到着すると、既に彼女は入り口で待ってくれていた。

支度をするのに時間がかかるだろうし、それなりの時間を待たされると思っていた俺は、急いでしかし優雅に彼女の元へと歩み寄る。

「おはよう、アンジェリカ。ゴメンね？　急に来てしまって」

持っていた薔薇を差し出して、謝罪する。

「おはようございます、カイル様。私もお会いしたいと思っていましたので、謝らないで下さいませ……」

アンジェリカは嬉しそうに薔薇を受け取ってくれ、俺に向けてふわりと笑った。

たったそれだけで、キツく見られがちな彼女が、柔らかい雰囲気になるから不思議だ。


うん。今日も可愛いね！


心の中で、ビシッ！　とサムズアップしておく。

午前の説明会までにはまだ時間があるので、俺たちは中庭に向かう事にした。

この学園には、テーマに沿って幾つかの庭が作られている。イングリッシュガーデンや、芝生と木立をメインにした公園のようなもの、日本庭園を模したもの、と数種類の中庭があるのだ。

今回は、公園様の庭に向かう事にした。そこが一番、寮から近いのだ。

中庭に着くと、大きめの木の下に設置されているベンチへ、二人で並んで座った。

アンジェリカは、なんだか恥ずかしそうに、しかし嬉しそうにはにかんで、薔薇を見つめていた。

「昨日はゴメンね。一緒にいられなくて……」

「いいえ……、大丈夫でしたわ。お兄様も側にいて下さいましたし、あれぐらいの事は騒動とも呼べませんわ」

騒ぎがあった時に、側にいられなかった事に対しての謝罪も暗に含ませて伝えると、その意図を正確に汲《く》み取って返事をしてくれる。

勝気な笑みを浮かべてこちらを見るその顔に、ムラムラっとしたものが込み上げ……ゲフンゲフン。


アンジェリカ、マジで可愛すぎる。

可愛すぎて、彼女に触れたい衝動が抑えられない。

……ちょっとぐらいなら、良いかな？

幸い、誰もいないようだし。

周辺の気配を窺ってから、そっとアンジェリカの肩に腕を回すと、彼女は慌てたように俺から視線を外し、俯いてしまう。仕方がないので、見える範囲――こめかみ、頬、耳元、髪に次々と軽いリップ音をたてて、軽く触れるようなキスを送った。

そんな軽いスキンシップにも、初なアンジェリカは真っ赤になって若干震えているのだが、その姿がまた、とても可愛いのだ。


この可愛い人、俺の婚約者なんだぜ？


そう周囲に言って回りたいような気持ちになりながら、軽いスキンシップを続ける。早くこの程度の触れ合いに慣れてもらわないと、俺のリビドーが溢れ出してしまいそうだ！

そんな事を考えながら、俺は何か頭の片隅に引っかかるものを感じていた。重大な何かだと思うのだが、それが何なのかは思い出せない。

……まあ、アンジェリカと別れた後で考えれば良いか。

今はこの甘い空気を十分に堪能したいし……な。


「きゃああああぁぁぁぁぁぁぁ！！！」


そんな事を考えていた俺の腕の中に、この甘い空気をぶち壊す何かが、悲鳴と共に落ちてきた。

俺の上に降ってきたのは、ピンクの髪に緑の瞳を持つ少女——このゲームのヒロインだった。

ゲームを見てる時から思ってたけど、何でこいつは『木に登る』なんて普通ではありえない選択肢を選んだのか……。『子供の頃を思い出して』なんてゲームでは言っていたと思うが、完全な不思議生物の思考だよな。

メルヘン脳ってヤツか？　こういう痛い行動って、好意を持っている子がやれば許せるが、嫌いな奴がやると、スゲェ癇《かん》に障るよな？

その行動で被害を受けたとなれば、尚更に腹立たしい。

ヒロインであるビッチの頭が、葉っぱだらけになっているのを不快な気持ちで眺めながら、そんな事を考える。


うわっ！　虫までついてるじゃないか……。


そうして俺は、腕の中に落ちてきたモノに向かって、つい、キツイ眼差《まなざ》しを向けてしまった。

だってそうだろう？

直前まで俺はアンジェリカと密着していたんだぞ？　もし、コイツが落ちてきたせいで、彼女が怪我をしたらどうするんだよ！

その命をもって償ってくれるのか？


「あああぁぁぁぁ！　ゴメンなさい！　木に登ってたらバランス崩して落ちちゃって‼」

膝の上から何か戯言が聞こえてくるが、俺は今、それどころじゃないんだ！　俺にはすぐに確認しなければならない、大事な事があるんだよ‼

「大丈夫かい？　怪我、しなかった？」

アンジェリカの肩に回していた手を頬へ移動し、見える範囲だけでもと、目視でザッと怪我の確認をする。

「……ええ、大丈夫ですわ……」

「はい！　大丈夫です！　あ、でもちょっとすりむいちゃったかも？」

俺の問いかけに、二カ所から返答が返ってきた。

まだ膝の上に乗っている方。うん、お前の怪我など、どうでも良い。ホント、心の底から、どうでも良い。

取り敢えず、見える範囲でアンジェリカに怪我はないようなので、ホッとした。

なら次は、皇子の義務として行動しなければならない。……かなり嫌だけどね！

「怪我をされたのですね？　では、医務室までお送りしましょう」

貼り付けた公的な笑顔を、膝の上の物体に向けて、心は全く籠もっていない優しげな声をかけると、物体は嬉しそうに頬を染めて俺に見とれている。しかも、厚かましい事に、胸元にしがみついてきた！

あまりの不快感に、笑顔が保てない。

「ダニエル！」

ややイラついた強めの声で俺が呼ぶと、どこからともなくダニエルが現れた。

……いや、呼んだ俺が言うのもなんだけど、気配消すの上手すぎだよな。忍か？ 忍なのか？

「このお嬢さんを、医務室にお連れしてくれ」

イラつきをなんとか抑えて、感情のない声で伝えると、ダニエルが「畏《かしこ》まりました」と返事しながら、俺の膝の上から物体を撤去してくれた。

「私は、大切な用事があるので、医務室まで連れていって差し上げる事はできません。なので、何かあればそこのダニエルに申しつけて下さいね？」

やり手の営業マン並みの笑顔と声色で、物体にそう告げると、後ろを振り返り、アンジェリカに手を差し伸べ立ち上がるよう促す。

後ろで物体が何か言っている気がするが、俺には聞こえない。

「アンジェリカ、一度寮に戻ろう。制服のスカートに、足跡が付いてしまっている。もしかしたら、痣《あざ》ができているかもしれないからね？ どこも痛くない？ 一応、ちゃんと、医師に診てもらって？」

アンジェリカは大丈夫だと主張するが、それだけじゃあ俺的に納得できない。医師に診察してもらって、大丈夫だと言われるまでは安心できないんだ。

眉間にシワが寄りそうになるのを必死でこらえ、少し悩んだがアンジェリカを抱き上げてしまう事にする。

靴の跡が付いていたのは、肩と太ももの辺り。もしかしたら、痛めてしまったかもしれないと思うと、とても歩かせる事はできなかった。

「お、下ろして下さいませ！　私、歩けますわ！」

なんて声が聞こえるが、勿論却下だ。歩けるかどうかなんて、今はどうでも良い。俺が、歩かせたくないんだから。

無言で女子寮まで運び、寮の前で連絡を受けて待っていた侍女に、アンジェリカの部屋まで案内してもらう。

彼女の寝室まで入り、そっと、彼女をベッドに横たえさせた。侍女に先ほどの出来事を説明し、念のため医師に診てもらうよう指示しておく。

今日の説明会には無理して出席しないように伝え、後ろ髪を引かれる思いのまま、俺は彼女の部屋を後にした。

本当は、医師の診察にも立ち会いたかったのだが、説明会の時間が迫っていたので諦めた。

必ず結果を知らせるようにと、何度も念を押してしまったが、それくらいは勘弁して欲しい……。

アンジェリカは、俺が薔薇を渡してからずっと、部屋に戻ってきてからも、それを大事そうに胸に抱えていたのだが、その姿がなんだかとても印象に残った……。

今度は、間に合わせなんかではない、ちゃんとした花を用意しよう。

俺はそう、強く心に誓ったのだった。

くそ！　くそ‼　くそ!!!

何であんな大事な事忘れていたんだ、俺！

今朝、『隠しキャラ攻略ｏｒ逆ハーレムルート』に入ってるのには気づいていたのに！

説明会の会場まで足早に歩きながら、自分を罵る。

自分の迂闊《うかつ》さが呪わしい。

さっきのアレは、カイルとビッチの出会いイベントだ！

確かゲームのシナリオでは、あの場所で昨日のパーティーでのアンジェリカの言動を軽く注意し、言い争いになっていたんだ。

そこにビッチが木から降ってきて、それを幸いとピリピリとした空気から逃げるように、カイルはアンジェリカを置きざりにしてビッチを医務室に運ぶ。

そこから、カイルとアンジェリカの二人が微妙にすれ違い始め、その隙をつくようにビッチとカイルの距離が縮まる。その事に嫉妬したアンジェリカが徐々に壊れていき、ビッチをいびり出すんだったよな……。

……あれは、見ている俺の方が心が痛んだ。ゲームだってわかっていても、だ。

怒りと共に、その時の胸の痛みも蘇《よみがえ》ってきた。

ゲームでも、カイルは用事があって歓迎会に出席できなかった。だから、ロバートから伝え聞いたアンジェリカの言動を真に受けて、諌《いさ》めるような事を言ったのだ。

・・・あのロバートの言葉を真に受けて、だ。考えられないだろ？

今の俺からすれば当然と思うアンジェリカの行動を、ゲームのカイルは、当然とは思っていないようだった。

当然、納得がいかないアンジェリカは、カイルの苦言に反抗して言い争いになる。

「木にでも登ってみようかしら」なんて電波な選択肢で木の上にいたビッチは、下で始まった言い争いに興味を惹《ひ》かれる。もっとよく見ようと身を乗り出して、木から落ちるんだったよな、確か。

(今回は、下で始まったイチャイチャを、デバガメしようとでも思ったんだろう……)

カイルは、アンジェリカと気まずくなった空気を壊すように現れたビッチを、その場所から……アンジェリカから離れる口実として利用した。

あの出会いイベントは、そんな流れだったと思う。

多分、出会いイベントは中途半端だったため、成立してないと思うが……。

ていうか、医務室まで運んだのはダニエルなんだし、このまま『幻のダニエルルート』に突入してくれないだろか？

そんな馬鹿な事を考えてみる。

もし今回の出会いイベントが成立していたとすれば、次の大きなイベントは確か……五日後のアレだよな。

回避したいが、アレにはアンジェリカが関わっている。イベント自体をスルーしたいが、ゲーム補正ってものが働くなら、きっとどんな形だろうとイベントは起こるだろう。今日の出会いのように。

そして、イベントが起こってしまえば、彼女の性格からして、現場を見てスルーをする事など、きっとできないと思う。その間の、学園内での遭遇・親密度を上げるための会話は、遭遇場所を避ければ、スルーできるか?

一応、全てのイベントや遭遇を避ける様に行動するつもりだが、それでどれだけ対処ができるのか……。

取り敢えずは、何があっても彼女が不安を感じないような、そういう環境を作る必要があるよな?

それなら!

俺は最速でアンジェリカを口説き落とし、彼女の気持ちをものにする!

俺の愛情に不安など感じないように、デロデロに口説いてみせる‼

俺はそう決意すると、眉間に寄っていたシワを消し何時《いつ》もの貼りつけた笑顔で、会場の扉を開いたのだった。

アンジェリカ

私は、この国のフォンティーヌ公爵家の娘でアンジェリカと申します。

八歳の時に、この皇国の第一皇子であるカイル様と婚約致しまして、それからは国母となるため、カイル様の隣に立って恥ずかしくないよう、努力してまいりました。

私たちの婚約は、政略的なものでしたが、努力家で優しいカイル様に、私は憧れを抱いておりました。

……仄《ほの》かな恋心という感じでしょうか……？

しかし、カイル様が私に抱いているのは、『将来の王妃』という割り切った感情しかない事も気づいていました。

だからといって、蔑《ないがし》ろにされた事はありませんし、婚約者として大切にされているのも感じておりました。

カイル様が、自分にかかる責任の重さに苦悩している事も勿論知っていましたが、そのようなパーソナルな部分にズカズカと踏み込む事もできず、『いつかはその重荷を一緒に背負えたら』などと願っていたのです……。


この国では、一五の年から三年間、全寮制の学園で就学する義務があります。

この三年の間で、社交をはじめとして色々な事を学ぶのですが、中でも『婚約者との理解を深める』事と、相手のいないものは『将来の伴侶を探す』事は、とても大切な事案となっております。

私も今年の入学が決まっておりましたので、学園生活の中でカイル様との信頼関係を築いていこうと考えておりました。

しかし、入学式の朝に迎えに来て下さったカイル様は、なんだか別人のようになっていました。

見た目も、声も、口調も、違いはないのですが、そこに籠もる『熱』というのでしょうか？　感情が違う気がしたのです。

…………私に向ける笑顔も、何時もの貼りつけたようなものではなく、甘さを含んでいるように感じてしまって……。

あの朝の私は、いたく翻弄されてしまったのです。

しかも…… 何かと私に触れ、その触れ方も………。

と、とても！ い、いやらしいというか……。

そして、それを喜んでいる自分に、とても驚きました。

「……この埋め合わせは必ずするから、期待してて？」

あの朝、最後に囁かれた言葉と、耳に触れた唇の感触と吐息が、今でも私の胸を騒がせています。

あの時私は、あまりに胸がドキドキしすぎて……。

カイル様は私を殺すつもりなんじゃないかと、本気で思ってしまったほどです！

なんだか、カイル様から愛されているような気がして、とても幸せな気持ちになってしまったのですわ。


幸せな気分で入学式を終え、エスコートがカイル様からお兄様に変わりました。カイル様は昨日倒れたと聞いていますし、今日、迎えに来て下さっただけでもとても嬉しかったのです。なので、この後のパーティーでのエスコートがお兄様になっても、幸せな気持ちが続いていました。

「なんだか機嫌が良さそうだね、アンジュ？」

「まあ、ふふふ。そう見えますかしら？」

お兄様にすぐに気づかれてしまうほど、私の幸せな気持ちは外に出てしまっているようでした。

会場に入り、知り合い一人一人と挨拶を交わし……。

私は、ある事に気づいてしまいました。幼馴染で親友のジェシカが会場内にいない事、そしてジェシカをエスコートしているはずの人物が、見た事のない女性をエスコートしている事に！

ジェシカを探しにいって下さったのでしょう。

「ああ。……アンジュ、ちょっと側を離れるよ？」
「お兄様……」

声をかけてそちらに注意を向けると、すぐに察してくれたお兄様が会場から出ていきます。きっと、ジェシカを探しにいって下さったのでしょう。

どういう経緯でこんな事になっているのかしら？

経緯がわからなければ何もできないため、私はジッと彼らを観察する事に致しました。

ジェシカの婚約者は、近衛師団長を務めるレッドフォード侯爵家の長男、ロバート様です。

あの方は体を鍛えすぎたせいか、脳味噌《のうみそ》にまで筋肉が付いてしまったような方で、少しアレなところがあるのですが、最低限のルールくらいはご存じのはずです。

ここが学園なので、正式な場ではないと考えていらっしゃるのか、それともあの女性がレッドフォード侯爵家に新しく引き取られた、とか？

しかし、ロバート様の嬉しそうな赤く染まった顔で、女性に話しかけている様子を見ていると、嫌な予感しか致しません。

段々イライラが強まってきた時、お兄様がジェシカを連れて会場に戻ってきました。ジェシカは入学式が行われたホールの前で、泣きそうな顔をして立っていたそうです。

私の側にやって来たジェシカは、問題の二人を見つけるなりポロポロと涙を零《こぼ》し始めてしまいました。

「……どぉして？　ロバート様……　ヒドイ……」

ブルーの瞳を大きく見開き、涙を溢れさせながらジェシカが呟きます。

その時私は、泣いているジェシカを間に挟んで見えるお兄様の笑顔に、邪悪なものが浮かび始めるのを見てしまいました。

お兄様がこんな顔をしている時は、何をするかわかりません。

ここは私がなんとかしなければ！

そう考えた私は、お兄様にジェシカを任せ、二人に近づいていきました。

「御機嫌よう、ロバート様？」

「やあ、アンジェリカ！　今日も綺麗だね！」

「ありがとうございます。ところでロバート様……。私、そちらの女性を初めてお見かけするのですが、紹介して頂けますか？」

友好的に見えるように微笑みかけて、相手を紹介するよう依頼する。

そんな私に、ロバート様は何も考えていない事が丸わかりな笑顔を見せ、傍らに立つ女性を私の前に導いてくる。

「ああ、良いよ。こちらはローン男爵令嬢でミシェルだよ。二カ月ほど前に別邸に住む母親の元から、本邸へ引き取られてきたらしい」

「初めまして、ミシェル・ローンです」

彼女は、とてもぎこちない仕草で私に挨拶をして下さいました。

その様子から察するに、どうも教育が十分にされていらっしゃらないようですわ。

サラサラとした短めのピンクの髪に緑の瞳。可愛らしい顔立ちに乗るあどけない表情。背は私より、頭半分ほど低いでしょうか？

男性というのは、こういう庇護《ひご》欲を掻き立てる女性が好きな方が多いですわね。

私には、ジェシカの方が余程愛らしく見えるのですが……。

「初めまして、アンジェリカ・フォンティーヌと申します。同じ一年生同士、仲良くして下さいね？」

優雅に見えるように笑って挨拶を返し、さて、とロバート様に向き合います。

「ところでロバート様？　どうしてジェシカではなく、ミシェル様をエスコートしていらっしゃるのでしょうか？　ジェシカは、今、どこで、何を、しているのですか？」

笑みを深めて問いかけると、ロバート様の表情が「まずい‼」とでも言いたげに変わりました。

……ひょっとして、忘れていたんじゃないでしょうね？

自分の笑みがドンドン深くなっていくのがわかります。

「いくらここが学園であっても、婚約者が在籍している者は、その方をパートナーとしてエスコートをするのがルールだと思っていましたが……。近衛騎士団ではルールが違うのかしら？　それとも、身体を鍛えすぎたせいで、ルールを理解する事もできなくなってしまったのかしら？」

この脳筋が！

言外に込めた私の気持ちは、鈍いこの方にしては珍しく伝わったらしく……。

「し、失礼だぞ！　確かにルールはそうかもしれないが、一人見知らぬ地で不安を抱えている令嬢をエスコートするのは、紳士として当然の行動じゃないか‼」

ロバート様が顔を真っ赤にして、大声を上げます。

こんな場所で馬鹿なのかしら？　大声を出したせいで、周囲の注目を集めてしまったではありませんか！

この脳筋は、本当に『紳士』って言葉が好きなのですよね。まぁ、多分に意味を履き違えていらっしゃるとは思いますが。

「騎士道でも紳士道でも結構ですが、婚約者をほったらかして泣かせている時点で、どちらも失格ですわ。婚約者以外の方を、このような場で特に理由もない上、婚約者をほったらかしにして、その事を説明すらしていないだなんて……。どうしても、ジェシカより彼女を優先してエスコートしたいとお考えなら、しっかりジェシカとの婚約関係を解消なさってからの方が良いですわよ？　このままでは、お互いの家名に傷が付きますからね」

最後は無表情に言い捨てて、踵《きびす》を返しました。

あまり注目を集めたくありませんし、言うだけ言ったらサッサと退散致しましょう。

言外に『脳筋』『浮気者』と言ったのですが、ちゃんと理解できたかしら？

私たちはその後、パーティーへの参加もそこそこに三人で会場を後にし、ジェシカを慰めながら寮に戻りました。

……きっと明日には、今日の事が面白可笑《おか》しい噂となって、学園中に広がるのでしょうね……。

……カイル様に、嫌われてしまうかしら?

私は気づくと、今まで騒動を起こしても、一度も考えた事のないような事を考えていたのです……。

翌朝、やはり昨日の騒動が学園内で、尾ひれつきの話題になっているようで、食堂はその話題で持ち切りでした。

女子生徒の中では、ロバート様のあまりに常識外れな行動に非難が集中し、私を悪く言う者は誰もいませんでした。しかし、ジェシカに対しては……。

『婚約者をポッと出の、しかも下級貴族の婚外子に奪われた女』などという、嘲りを含んだ言葉が、そこかしこから聞こえてくるのです。

きっと私の事も、私の聞こえない場所で好き勝手に噂されているに違いないですわ。

私は、少しでも早く、自分からカイル様に昨夜の事を説明した方が良いと思い、少し早めの時間に出発の準備を致しました。

準備を終えて、カイル様の部屋に先触を出そうとすれば、カイル様の方から先触が届いたので、急いで玄関へ向かいます。

やって来たカイル様は、私の予想とは違って、昨日と同じ甘い笑みで私に笑いかけて下さいます。その時に手渡された一本の薔薇は、まるでカイル様の心を手渡されたように感じてしまい、とても嬉しくなってしまいましたの。

その後の会話の中でも、昨日の騒動に対し私の事を心配して下さるだけで……。カイル様の友人を嘲った私に、苦言を呈する事もなかったのです。

ただ、その後の触れ合いはとても、は……恥ずかしかったですわ！　私の肩を抱き寄せ、横顔にキスの雨が降ってくるのです！　耳元で聞こえる『チュッ』という音が、知らない世界の扉を開こうとしているようで……。

ミシェルさんが木から降ってきた時は驚きましたが、あの触れ合いが止まって良かったのかもしれません。あのままでは、私の心臓はきっと壊れてしまったと思いますから……。

カイル様はその後も、わざとらしいほどミシェルさんを視界に入れず、私の事だけを心配して下さいました。

今のカイル様の行動、言葉、瞳、あらゆるものから、私への愛情を感じてしまうのですが、私の気のせいでしょうか？

私の婚約者は、こんな方だったのでしょうか？

それとも、昨日会った時には、既に別人に変わっていたのかも……？

カイル様の様子がおかしいとは思うのですが、このような変化なら大歓迎だと、私は思っているのです。

3 共犯者を作ろう

説明会の会場では、一番に俺から新入生へ歓迎の挨拶をする事になっている。

壇上から見渡すと、ピンクや紫、赤・青・黄色と、色とりどりの髪色が見え、さながらパンクバンドのライブコンサートの会場のようだった。

これってさ、「いくぜ！　オラ‼」とか言ったら皆、ヘッドバンギングやってくれそうだよな……。

挨拶の言葉を述べながら、そんなどうでも良い事を考えていたら、ビッチを見つけちまった。

その存在に気づいただけで、無意識に眉が寄ってしまう。

できるだけ視界に入れないようにしなければ……て、いうか俺にはアレは見えない。うん、何も見えない。

必死で自己催眠をかけて、精神の安定を図ろうと思うのだが、さっきの事を思い出すと、どうしても腹が立ってしまう。

あの時、もしアンジェリカが怪我でもしていたら、タダじゃ済まさないところだ！

しかも、かなりいい雰囲気の時に降ってきやがって！　わざとじゃねえだろうな？

……まあ、ダニエルがあの場にいたんだから、わざと俺の上に降ってくる事が一〇〇パーセントないって事は、わかってはいるんだけど、な……。

ダニエルのスペックは、あの有名なマンガの執事に通じる所があるしな。だから、エスパーとしか思えない行動も、ある意味当然の事なんだ。

頭の中では、そんなくだらない事をグダグダと考えながら、表情はにこやかに挨拶の言葉もそつなく述べていく。


俺のこの辺りの二面性は、やはり一人の身体に二つの人格があるせいなのだろうか？　表に出ているのは主に俺ばかりで、カイルの人格を身体の中に感じた事が、まだない。

記憶の共有はできているのだから、俺がカイルとして生きていく事になんの問題もないのだが、俺がカイルから身体を乗っ取ったような気がして、なんだか気分が悪いんだよな。

考えれば考えるほど、出口のない迷宮に嵌《はま》っていくようだ。

でも、そんな事をいくら悩んでも、答えなんて出る訳がないし、俺の中にいるのか、いないかもわからないカイルの事を心配してやる義理もない。

今は、この俺が『カイル皇子』なんだ。

どっちにしても、『俺』が、この先の人生を生きていくんだよ。だから、余計な事は一切考えない。

そんな風に、色々と心の中では黒い事を考えながらも、なんとか笑顔で挨拶を終えた俺は、一旦《いったん》自室へ戻る事にした。

ダニエルに確認する事と頼みたい事が、山ほどあるんだ。

「ダニエル、チョット頼みがあるんだが」

「どう致しましたか、殿下？」

自室に入ってすぐにどこへともなく声をかけると、ダニエルが音もなく背後に現れる。

うん、もう慣れたよ？

「アンジェリカ様は、特に傷も痣も一つもなかったようでございますよ。ただ、殿下の気持ちを考えて、本日はお部屋で過ごして頂いております」

「そうか……」

流石ダニエル。

何も聞かずとも、俺が一番知りたい事が何かはわかっているようだ。

アンジェリカに怪我がなかったと聞いて、俺はかなりホッとした。目視で見える範囲の確認はしておいたけど、それでもヤッパリ心配だったんだよ。

大きなため息をつきながら、ソファーセットにドサリと腰を落とし、伸びをするように背中を伸ばしながら両手を組んで目の上に乗せる。

すると、ソファーに座った俺の前に、ダニエルがどこから出してきたのか、温かい紅茶を差し出してくれた。

……手品ですか？

まあ、これもダニエルクオリティだななどと思いながら、出された紅茶を飲む。

そうして一息ついてから、脇に控えているダニエルに視線をやった。

「小さめのブーケをピンクのチューリップとかすみ草で作って、アンジェリカに届けておいてくれないか？　今日は、お見舞いにいけそうにないから、その代わりにって伝えておいてくれ……。いや、メッセージカードは自分で書こう。ダニエル……」

ダニエルが用意してくれた、女性らしい押し花が付いたメッセージカードに「これが私の気持ちです」とだけ書いて、ブーケに付けてもらう。

これで、俺の思いが詰まったアンジェリカへの贈り物が、見事に完成した訳だ。

この、現在俺の周囲における最重要任務は、ダニエルに依頼しておく！

「承知致しました」

「それから、ローン男爵の所を探ってくれないか？　男爵が、どうしてあんな躾《しつけ》もなっていないような令嬢を急に手許に引き取って、学園に入学させたのかが気になる」

「承知致しました」

「後だな……」

従順に返事を返してくれるダニエルに、耳を寄せるように指で合図を送ると、スッと俺の口元に耳を近づけてくる。

「近々、…………ってな事になると思うから、そのつもりで対応しておいて欲しい。それから一五日後くらいには、…………で、その後…………だと思うが、関係各所に伝えて……準備を進めておいてくれ」

「承知致しました。……しかし殿下、まるで預言者のようですね？」

ゲーム内容からの予測で、今後起こる事への対処を根回ししておく事にする。そのため、未来に起こるだろう事をダニエルに簡単に伝えたんだが……。

ダニエルは俺を見て、何か含みのある瞳を細めて艶然《えんぜん》と微笑んでいた。

こわっ‼

今日一日は、新入生のための特別カリキュラムとなっているため、俺たちには講義が組まれていない。

二・三年生は、休日扱いになっているのだ。

なので俺は、校舎内に用意してもらっている執務室で、溜《た》まってきている書類（公務という名の雑用）を片付ける事にした。

たとえ全寮制の学園にいても、公務からは逃れられない。視察などにいけない分、鬼のような量の書類が、週四で学園に届けられるのだ。

机の上に積み上げられている書類の量にうんざりするが、できる時に片付けておかないと、ドンドン書類が増えてくる。逃げられないなら、早急に片付けておくべきだ。

俺は、書類に目を通しながら、俺以外の攻略対象たちのゲームの出会いイベントを、思い出してみた。


確か、今日は後三つ、ヒロインと攻略対象たちの出会いイベントが起こるはずだ。

今日出会うのは、今年、入学してきたウッドロイド伯爵家次男ヒューイと、俺の一つ年上のロートン伯爵家長男のダグラス。後は、この学園の教師ブラッド。

説明会の後のお茶会で、うっかり躓《つまず》いた所をヒューイに助けてもらったビッチ。その時にテーブルからティーカップが落ちてきて、二人の制服が汚れてしまう。

その様子を見ていたマナー講師のブラッドは、ビッチの所へといき、行動に落ち着きがない事を注意して、着替えに戻るように促す。

自室へ急いで戻っている時、再び何もない所で転んで、足を痛めてしまったビッチ。それを見ていたダグラスが、仕方なく手を貸して部屋まで送ってくれる。

シナリオの流れは、こんな感じだったと思う。


そして明日出会うのが、隣国の第五王子ヘンリーと、同じく隣国の公爵家次男ジャッキー。

こちらの流れは、
ヘンリーとジャッキーがカフェテリアでお茶を飲んでいると、すぐ側で、またもやビッチが転んだ。

「大丈夫かい？」なんて優しく声をかけるヘンリーに、慌てて返事を返そうと動いて、彼らのテーブルにぶつかってしまう。

そんなビッチの頭上から、お約束のようにティーカップが降ってきて、それなりに熱いお茶を被ってしまうビッチ。さらに、足を痛めているのですぐに立てないビッチを、ジャッキーが抱えて、ヘンリーと一緒に部屋まで送ってくれる。

と、いった感じだ。


出会いイベントの合間で、ロバートとの、今後、他の対象者の攻略難易度を左右させるミニイベントをこなし、さらに数日かけて、それぞれの各攻略対象と偶然の逢瀬《おうせ》を重ねながら、親密度を上げていく。

この逢瀬の中ではラッキースケベも多発し、その効果で親密度が爆上がりするキャラもいるのだ。

そう、ロバートのように……。

ロバートは、ラッキースケベの恩恵で、ビッチの胸に顔から突っ込む。その事に責任を感じて、「俺が責任を取る！」なんて鼻の下を伸ばしながら誓うのだ。

こうやって思い出してみると……さ。

ビッチの出会いイベントって、……どこの大企業社長のスケジュールだよ？ってなくらいのタイトさを感じるよな。

そして、転びすぎ。

足腰弱すぎるだろ⁉

それともやっぱ、狙ってやっているのかね？

ほんっと、ビッチは努力家だ。それだけは間違いない！

ゲームのシナリオだと、俺も明日、二回ビッチと会うはずだよな、確か。しかも一回はアンジェリカが一緒にいる時に、だ。

なら俺の明日の目標は、『アンジェリカを不安にさせない』と『ビッチに会う場所には近づかない』だな！

アンジェリカの方は、今日渡した一輪の薔薇と先ほど送ったブーケに託した思いを読み取ってくれていれば、俺の気持ちはわかってもらえるはずなんだが……。

薔薇は俺にとっての彼女そのもの、ブーケは彼女に対する今の気持ち。

ピンクの薔薇には、『可愛い人』や『恋の誓い』という意味がある。そして、その数が一本なら『一目惚れ』という事を暗に伝えてくれるのだ。

俺にとってのアンジェリカは、正にピンクの薔薇そのもの。この花以上に俺のアンジェリカへの評価を的確に表してくれる花は、まずないよな。

そして、ブーケにして贈ったピンクのチューリップとかすみ草は、俺の思い。

ピンクのチューリップが持つ『誠実な愛』と、かすみ草が『純潔』。この二つから、「俺は何時でも純潔な君を、誠実な愛情で思っているよ」という気持ちを託したものだ。

全ての花の意味が、正確にアンジェリカに伝わっていれば、俺の気持ちはかなり彼女に知ってもらえているはずだ。

今日の彼女の様子を思い出すに、彼女は花の意味を知っていたと思う。だからこそ、あんなに嬉しそうな眼差しで花を見ていたんじゃないかと思うんだ。ただ単に花をもらって喜んでいるという以上のものを、彼女の表情から感じたんだよ。

それなら、彼女の中で俺の存在が育っていくように、もっと花を贈ろうと思う。ドンドン重くなる気持ちを背負い、俺から逃げる事などできなくなるように……。

俺は、昼食もソコソコに馬車馬のように書類仕事を全て終わらせると、早々に自室に戻った。

これで二日は仕事もなく、空いた時間の全てを彼女に使う事ができる！

ゲームでのカイルは「書類なんかより君と過ごす時間を大切にする方が、今の僕には必要な事なんだよ」なんてアレなセリフを吐いていたけど、俺には無能な奴の言い訳に見えたね。

だって自分の立場を考えたら、そんな事絶対に言えないだろう？

ビッチならあのセリフでときめいても、アンジェリカなら愛想を尽かされるだろう。

俺は、彼女の前ではいつもカッコ良くありたいと思っているんだ。そのための努力は惜しまない！

惜しむつもりもない‼

……何時までも彼女の憧れであり続けたい。そして、それ以上に愛されたい。

そう思うから、自分にできる最大限の努力を自分に課するつもりでいるのだ。

彼女の愛を確実に手にするため、今日も俺は一人、明日の計画を考えるのだった。


翌朝、朝食を摂っている俺の所にルイスがやって来た。

「おはよう、カイル。朝食、一緒に良いかな？」

優雅に俺の前の椅子に座り、にこやかに挨拶してくる。

「おはよう、ルイス。構わないが……、何か相談か？」

話しかけてくるルイスの笑顔が黒いので、多分ジェシカの事についてだと思う。

俺が許可を出すと、ルイスの執事が俺の向かいに食事のセッティングを始めた。ダニエルは、何時もの手品でルイスに紅茶を振る舞っている。

「その様子じゃ、なんの話かわかってるみたいだね？」

全てのセッティングを終え、互いの執事が空気と化してから、ルイスが笑みを深めて徐《おもむろ》に問いかけてきた。

その笑顔には、「断ったら、どうなるかわかってんだろうな？　あぁぁん？」ってな意味合いが含まれているのを、俺は知っている。

なまじ綺麗な顔をしているので、その迫力は半端ない。

正に、魔王様降臨だ。


……まぁ、きっと傍《はた》から見れば俺も似たようなものなんだろうとは思うんだけどね……。

俺がルイスの立場だったら同じ事を考えるので、勿論、協力はキッチリさせてもらうつもりだ。ってか、そのつもりでもう動いているしね。

なので、ルイスにはこれから、俺の共犯者になってもらおう。

実行犯をダニエルにしてもらうにしても、俺一人で画策するのは、正直荷が重い。ルイスが相談に乗ってくれて、一緒に色々と画策してくれるのなら、功率がかなり上がりそうだ。

だから、俺は少し悪い笑顔で笑ってみせる。

「未来の義姉上の事、だろう？」

ジェシカの事をあえて義姉上と表現する事で、全面的な協力を示唆して、ルイスの反応を窺う。

ルイスは、俺が黒い笑顔でそう言っただけで、大まかにだが全てを察してくれたんだろう。

「……………ふぅん……。で、僕に何をして欲しいのかな？　未来の義弟殿は？」

優雅な仕草で紅茶を口に運びながら満足げに微笑んで、俺の共犯者になる事を承諾してくれた。

詳しい話はこんな所でできないので、朝食後に俺の執務室で話す事に決め、とりとめもない会話をしながら朝食を摂る。

因みに、自室ではなく執務室を選んだのは、邪魔が入りにくいからだ。決して、執務を手伝ってもらうつもりなんかじゃ……、な、ないんだからね⁉

「やあ、お二人さん。朝から何の密談だ？　オレもその話に噛《か》ませてくれよ」

ほら、な？　早速邪魔者がやって来ただろ？

邪魔者……、ロバートはキザな仕草でウインクを飛ばしながら、空気も読まずに俺たちに話しかけてくる。


相変わらずウザイね、君は。


ロバートのやつは脳筋なので、ルイスの想い人が誰なのかわかっていない。何故、ルイスに婚約者がいないのか、自分がどう思われているのかも勿論知らない。

そして貴族としてあるまじき事に、場の空気を読む事が苦手で相手の腹を探る事もできない。

ホントに……。こんな奴が、将来近衛師団でやっていけるのだろうか？

それ以上に、コイツに侯爵家を継がせるとか、正気の沙汰とは思えないね、俺は。

ロバートがやって来た事で、周囲の温度が南極並みに低下しているというのに、その元凶はその事に全く気づいていないのだ。

俺なんて、怖くてルイスの方を見る事もできないというのに！

誰か！ 温かな飲み物をお持ちの方はいませんか⁉

俺が朝食の席でプチ遭難をしていると、絶妙なタイミングで音もなく現れたダニエルが紅茶を淹《い》れ替えてくれた。

エスパーですね。わかります。

ありがたく温かい紅茶を一口飲んだ俺は、ホッと一息つく事ができた。目の前に見えていた雪景色の幻が徐々に消えていき、何時もの食堂の景色に戻った所で、俺はロバートに視線をやった。

「おはよう、ロバート。なんだ、お前も俺の執務を手伝ってくれるのか？ 結構な量だから、それはありがたいな」

ダニエルの淹れてくれた紅茶のおかげでなんとか復活した俺は、ロバートに普段通りに笑いかける事ができた。

脳筋ロバートが俺の執務を手伝える訳がないので、勿論、体のいい断り文句だ。

「執務⁉ ……いや、オレはやめておくよ。余計に仕事を増やすといけないし、な！」

ロバートは案の定、急にソワソワとし始め「あ、そういや予定があったんだ！」なんてわざとらしい事を言って去っていった。

ロバートがいなくなったおかげで周囲の気温もルイスの微笑みも元に戻り、これ以上邪魔が入らない内に、俺たちは執務室へと移動する事にしたのだった……。

やれやれだぜ。


あの遭難必至な朝食の後、俺たちは早々に場所を変え今後について軽く打ち合わせをした。そして、明日から毎日短時間でも情報共有を図る事に決めた。

その後は、お互い真面目に講義を受ける。学生の本分は勉強だからな。

そして、講義よりも重要な本日の課題。〝ビッチとの遭遇予定〟を、見事に躱《かわ》し切った、と思う！

本当は昼食をアンジェリカと摂りたかった（お誘いがあった）のだが、それがゲームシナリオの遭遇の機会だった事から、泣く泣く諦めた。

放課後に、もう一度遭遇の機会があるはずだが、その場所には近づくつもりもない。

これで、今日のビッチとの接近遭遇はなくなったはずなのだ。


今日一日の講義も終わり、自室に戻った俺は、アンジェリカを午後のティータイムに招待する事にした。本日の昼食の誘いを断った埋め合わせも兼ねて、デートを目論んでいるのだ。

承諾の返事をもらうとすぐに、昨日とは違う中庭にアフタヌーンティーの準備をしてもらう。

昨日の中庭は芝生と木立がメインで、憩いの場って感じだったが、今日逢う予定の中庭は、庭師が丹誠込めたイングリッシュガーデンってな趣がある。

恋人たちのための場所って感じだよな。

俺は、用意してもらっていた可愛くラッピングされた六本のピンクの薔薇を携えて、中庭に向かった。

今回用意した花の意味は、『あなたに夢中』。口説き落とす気満々なチョイスですが、何か？

ああ、やっと彼女に逢える……。毎日会っているというのに、そんな風に思ってしまう自分を『かなり重症だな』と思う。まぁ、自重する気もないが……。

中庭で待っていると、ほどなくしてアンジェリカがやって来た。

『学園内では身分の上下はありません』という体裁のため、自室以外では制服での行動が義務づけられているのだが、アンジェリカが着ているだけでただの制服が、全く違うものに見えるから不思議だ。どんなドレスを着ているより、可愛く見えるかもしれない。

「ようこそ、アンジェリカ」

「お招きありがとうございます、カイル様。それに昨日は、素敵なブーケをありがとうございました」

頬を染め、眩しいものを見るような、嬉しそうな表情で俺を見るアンジェリカ。

抱きしめても、良いですか？

「では、今日はこちらを。……私の、気持ちです」

いやいや、駄目だろう！

と理性を働かせて、俺は今日の花を彼女に贈る。

アンジェリカは花を見て、驚いたように瞳を見開いた後、真赤な顔を俺に向け『へにゃ』とした顔で微笑んだ……。

「！　……ありがとう……ござい……ます」

何今の！　ねえ、今の何!?

思わず口元を片手で覆い、視線を逸《そ》らしてしまう。……鼻血が出そうです……。

「殿下、お茶の準備が整いました。どうぞお席へ」

「あ、ああ……。そうか」

やばかった！　今のは本気でヤバかったよ!?

俺の中で何かが崩れる音が聞こえたが、エスパーダニエルがその崩壊を水際で食い止めてくれたおかげで、紳士な態度を保つ事ができたよ！

サンキュー、ダニエル！

気を取り直した俺は、アンジェリカのために椅子を引き座らせてから、向かいに座る。

その後は、始まったばかりの学園生活の話をアンジェリカから聞くなど、穏やかに時間は過ぎていった。

まぁ、そんな楽しく穏やかな時間は、ある意味予想通り邪魔されてしまう訳だが……。

「やあ、カイル、アンジェリカ！　こんな所で奇遇だね！」

俺たちの逢瀬に水を差したのは、相変わらずウザイウインクを飛ばした、脳筋ロバートと愉快な仲間たちだった。

ある意味、ホントに外さない男だよ！　お前は‼

今日の放課後、ビッチに出会う事はわかっていた。

だが、場所が違う。シナリオでは執務室前の廊下で会ったはずなのだ。

その事がわかっていたからこそ、ビッチとの遭遇を躱す目的もあって昨日の内に執務を終わらせ、あの場所から一番離れたこの中庭でデートを楽しんでいたというのに！

なんでここまで追いかけてくるんだよ！　しかも、ゾロゾロと大人数で‼

俺は思わず、空気を読まずにやって来た四人――ロバート、ダグラス、ヒューイ、ビッチ――を無表情で見やる。

俺のオアシスタイムを邪魔したんだ。潰してくれって事だよな？

自分でも、無表情の中に殺気が籠もっていくのがわかる。今の俺は、怒りのオーラを全身に纏《まと》っている事だろう。もし俺が筋肉ムキムキな『世紀末の救世主』だったら、怒りで服がビリビリに破れているところだ！

俺が『世紀末の救世主』じゃなかった事に、お前ら、感謝するんだな‼

ダグラスなんかはそれなりに付き合いが長いので、俺の不機嫌さがわかるのか、かなり狼狽《うろた》えている様子なのだが、後の三人はなんとも思っていない様子。その事が、さらに俺の苛立《いらだ》ちを募らせる！

どうしてくれようか⁉

今から、気合を入れてアンジェリカを口説くつもりだったというのに、ムードぶち壊しじゃねぇか！

この庭のジンクスを信じて、今日はちょっと大人なデートを予定していたというのに‼

奴らへの報復方法を、瞬時に何パターンも考え、頭の中で実行していく。どの方法が一番こいつらに効果があるのかを、吟味しているのだ。

そんな事を考えていると、自分でもどんどんと笑顔が凶悪になっていくのがわかる。

そんな、マジギレ秒読みな俺の肩にそっと手が置かれた。ダニエルだ。

チラリと目線を遣ると、小さく首を横に振られてしまった。

……落ち着けって事、だよな。

俺は一つ大きく息をついて気持ちを落ち着かせると、何時もの人当りの良い笑顔を貼りつけて奴らに向けた。

「やあ。……珍しい組み合わせだね？　ジェシカやエイプリルは一緒じゃないのかい？」

婚約者がいる奴らが、他の女に集《たか》ってんじゃねぇよ。

嫌みをふんだんに含ませた言葉にも、ロバートは全く動じない。「ああ、今日は別行動だぜ」なんて爽やかに笑って答えている。流石は脳筋だ。

嫌みに気づいたヒューイは気まずそうにオレンジの瞳を伏せ顔を逸らし、婚約者のいないダグラスは――去年、病気で死んでしまった――現状の拙《まず》さに改めて気づいた様子で、目元を片手で覆い緑の髪をクシャリと掻いた。

わかったらとっとと解散しろ！

そう思いながらも、解散のきっかけを作るためにもさらに言葉をかけてやる事にした。

「で、何か用があるのかな？」

大体の予想はついているが、あえて水を向ける。

こんな茶番はサッサと終わらせて、俺は早くアンジェリカとイチャイチャしたいんだ。

「ああ！　ミシェルがお前たちに礼を言いたいって言うから、皆で探していたんだよ！　さ、ミシェル！」

空気の読めないヤツはやっぱり最強だ。嬉々《きき》としたロバートが説明し、ビッチの背中を押して俺たちに近づけてくる。

背を押されて前に出たビッチは、両手を胸の前で組み顔を俯かせて上目遣いでこちらに視線を向け、「あ、あの……」なんて言いながらモジモジと手を動かしている。

その仕草が、堪らなくウザイ。

あざとさ全開じゃねぇか。こんなわざとらしい仕草を『可愛い』とか思うのは、こいつらだけだろう。

用があるなら、さっさと喋ってくれないだろうか？　そして、早く俺の視界から消えてくれ！

「……お礼？」

「はい！　昨日は、木から落ちたところを受け止めて頂いて、ありがとうございました‼　おかげで怪我もせずに済みました！　それから、突然木から降ってきたりなんかして、驚かせてすみませんでした！」

貼りつけたままの笑顔でビッチに聞いてやると、やたらとでかい声でそう言って俺に頭を下げた。

俺、だけに、だ‼

思わず眉が寄りそうになる。それを意志の力でグッと堪えると、ドンドン笑顔が黒くなってくるのが自分でもわかった。

ゲームのカイルは、この謝罪で「面白い子だね」なんて言って好感度を上げていたけど、俺にとったらこんな謝罪、喧嘩を売っているにも等しいぞ？

あの場にいたのは、俺とアンジェリカだ。なら、謝るとすれば俺たち二人に、だろ⁉　どうやったら、こんな謝罪で好感度が上がるっていうんだよ⁉　こんなので好感度が上がるなんて、物好きにもほどがあるだろう！

「……私への礼も謝罪も別にいらないよ。でも……、アンジェリカには、ちゃんと謝罪して欲しい、かな？」

限界に近い精神力を振り絞って、優しい声と笑顔で言ってやる。

「あ！　すみません！　……アンジェリカさん、昨日は大変失礼しました！　お怪我とか、されませんでしたか？」

今気づきましたってな感じで、両手を口に当て、その後慌ててアンジェリカに謝罪する。

全ての動作がわざとらしく見えてしょうがない。

これは、俺がビッチに対して悪感情しか持ってないからなのか？

アンジェリカに目をやると、彼女もかなりの不快感を覚えているのだろう。兄によく似た、真っ黒な笑顔を浮かべていた。

うん、そんな君も可愛いよ。

何をしても、どんな表情をしても可愛いとか……、反則だよな？

ホント、アンジェリカマジックだよな。

一瞬で俺の苛立ちが解けた。

「私も、気にしていませんわ。特に、怪我もありませんでしたし」

「よかった。ずっと気にしてたんです‼」

ぱぁーって音が聞こえるような感じの全開な笑顔で、ビッチが笑う。そしてその視線が、テーブルの上にある物に目を留めたのがわかった。

「そのお花、とっても綺麗ですね……。良いなぁ。私も、そういうの、もらってみたいです」

『それが欲しい』という感情だだ漏れの物欲しそうな表情で、ビッチがアンジェリカに声をかける。

「ええ、綺麗でしょ？　カイル様に頂いたのよ」

ビッチの感情には気づいていませんというふりで、アンジェリカは答えているが、よっぽど不快なんだろう。眉がほんの少しピクついている。

そして、こんな時に空気を読まないのは、やっぱりロバートだ。

「何本かあるんだから、一本分けてやってくれよ、アンジェリカ。な、良いだろう？　カイル？」

良い訳がないだろう！

ある意味、ほんっとに外さない奴だよな⁉

アンジェリカも我慢が限界に近いようで、眉のピクつきが大きくなってきている。

俺も今の自分の笑顔は、見たくないな。凄い事になってそうだ。

でも、ここは俺が上手く収めないと、このままではアンジェリカの嫌味が炸裂してしまう。

俺は何度か呼吸を繰り返して、気持ちを落ち着けると、奴らに笑顔を向けたまま（引き攣《つ》っていたかもしれんが）話しかけた。

「それはできないよ。その花は私の彼女への気持ちだから、一本でも数が減ってしまえば意味がないんだ……」

「そうなのか？」

「そうなんだよ。それに花っていうのは、好きな人から贈られる方が、喜びも大きいんだぞ？　だから、お前らが贈ってやる方が、彼女も喜ぶんじゃないか？」

「そうなのか？」

「ああ。そうだよね、アンジェリカ？」

「そうですわね……。大切な方から頂くから、意味があるのですわ」

「そうなのか‼」

……ロバートは、やっぱり馬鹿だ……。

俺とアンジェリカの言葉で、あっさりと納得し、ミシェルに、「後で俺が同じ花を贈るよ」なんて言ってやがる。

……婚約者のいる男が、こんな意味深な花を、他の女に贈るなんて約束してんじゃねぇよ……。

しかも、婚約者の親友の前で……。

どれだけ馬鹿なんだよ、お前⁉

そっとアンジェリカの様子を窺うと、彼女は顔を真っ赤にして俯いていた。どうやらこの様子だと、ロバートの馬鹿発言は聞こえてなさそうだな。

それに、苛立ちも収まったようで、眉のピクつきも消えているし。

花の持つ意味を理解してくれているから、さっきの俺の言葉で恥ずかしくなったのかな？

今日の、アンジェリカと一緒にいる時のビッチとの遭遇。本来のゲームでは、最後にアンジェリカが嫌みを言うのだが……、この感じじゃ何も言わないだろうな。

……ふむ。なら、ここは俺がビシッと言っておくかな？

「ねえ、君たち。この学園の講義には礼儀作法があるだろう？　あれは希望すれば、時間外でも特別に受けられるんだぞ？」

礼儀知らずなお前らは、補講でも受けてもう一度マナーを叩き込んでもらえ！

俺の嫌味がたっぷり含まれた言葉に、ヒューイとダグラスは顔を真っ赤にした。ダグラスは己の行動を恥じている様子だけど、ヒューイのは……怒り、かな？　なんで怒りが沸くのか知らんが、それが不思議生物のクオリティーなんだろう。

だが、ロバートとビッチには案の定通じなかったようで、「だから？　え、何を急に言い出したの？」ってな顔をされた。


やっぱり……馬鹿って、最強だよな。


四人が立ち去ってから、俺たちは気分直しも兼ねて中庭の散歩をしたんだが、俺は自分の精神修行が足りていない事を痛感し、滝に打たれたくなった。

それくらいアンジェリカが可愛かったんだが……。

その様子は、俺だけの宝物なので教えない。

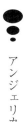

アンジェリカ

お騒がせな四人が立ち去った後、カイル様にローズガーデンの散策に誘われました。

スッと私に向けて差し出された手に、羞恥《しゅうち》を感じているのを表に出さないように手を重ねる。カイル様は、そんな私の様子に、何もかもを見透かすようなエメラルドの眼差しを向け、優しく微笑みながら流れるようにスムーズにエスコートして下さいます。

この中庭は、学園の中でも特に庭師が力を入れているようで、様々な種類の薔薇が美しく咲き誇っています。なので、学生の間でも人気のデートスポットとなっているのです。

そして、この庭が人気の理由は、もう一つあります。それはこの庭のジンクスのためなのです。

そのジンクスとは、『この庭でキスしたカップルは、生涯幸せに過ごす事ができる』というもので……。


そんな場所を、カイル様と二人きりで散策できるだなんて……。

嬉しくて……、それ以上に照れくさくて……。そして、先ほど頂いた薔薇の意味を思うと、カイル様の顔をまともに見る事もできません。

カイル様はそんな私の様子にも気づいているようです。

カイル様が私を見る瞳に、なんだか揺らめくものを感じるのですが……。それが、どんな感情から来るものなのかは、わかりませんでした。

でも、悪感情ではないと思うのです。

「アンジェリカはどんな花が好きなのかな？　次に贈る時の参考にしたいから、教えてくれないかな？」

少し変わった形の薔薇の花を二人で眺めている時に、不意に聞かれました。

私は視線をカイル様に向け、その私を見つめる甘い眼差しに、ここ数日頂いた花を思い出しました。

先ほど頂いたピンクの薔薇。お見舞いにと頂いたピンクのチューリップを中心としてまとめられた、可愛らしいブーケ。

それらの花の持つ意味を思うと、身体が甘く痺《しび》れるような感じがします。

カイル様が花を贈って下さるようになってから、私の一番は……。

「以前は百合の花が一番好きでしたが、今はカイル様の気持ちが詰まった花なら、なんでも好きですわ」

「────っ‼」

甘く微笑んでいるカイル様をウットリと見上げそう答えると、私を見るカイル様のエメラルドのような瞳が少し見開かれたように感じました。そして、私の手を握る力が少し強くなったようです。


どうされたのかしら？


そう思って、首を傾げながらカイル様を見上げました。でも、カイル様は一度目を閉じた後には、ここ数日で私にいつも向けて下さるようになった、優しく甘い眼差しに戻っていました。

ただ、なんだかカイル様の纏う空気が、少し粘度を持つものへと変わったような気がします。その空気は、ただでさえ速くなっている私の鼓動を、さらに速くさせるものになったようでした。

「じゃあ、次はもっと気持ちを込めないといけないね？」

蜂蜜《はちみつ》のような甘ったるい微笑みで私を捉え、カイル様は、今まで以上に私の心臓を困らせる、という宣言をされました。

その上、

「……その内、私の気持ちを受け止める事のできる花がなくなってしまいそうだよ。その時は……君が受け止めてくれるかな？」

甘い上目遣いで私を見つめ、最後の言葉と共に繋いだ手を引き寄せられ、手袋越しに口づけられたのです。

その時のカイル様の瞳には、私を落ち着かなくさせる何か熱いものが滲《にじ》んでいるような気がして……。

私は、その熱に堪らなく不安と期待を感じてしまいます。

ソレが何かはわかりませんが、それを知った時、私は確実に今とは違う自分になってしまいそうな気がします。

私が思わず俯いてしまうと、クスッと笑い声がし、再び歩き出すよう促されました。

歩きながら、カイル様が色々な話題を話してくれるのですが、その内容が全く頭に入ってきません。せっかくカイル様とお話ししているというのに……。

カイル様が素敵すぎて、私は目が離せなくなってしまいました。

気を抜くと不躾なほどカイル様を見つめてしまいます。その目が潤んでいる自覚はあるのですが、私は一体どうすれば良いのでしょうか……？

目が合うたびに、カイル様の空いてる手が私に向かうように少し動き、繋いだ手にも力が籠もります。そのたびに『抱きしめられたい』と思ってしまう自分に、戸惑ってしまいました。

これではまるで、はしたない女のようです。

私は一体、どうなってしまったのでしょう？　こんな事を考えているだなんてカイル様に知られてしまったら、きっと呆《あき》れられて、嫌われてしまいます……！

でも……。

そんな意志などものともせず、私の感情と身体は、カイル様を強く求めてしまうのです。

そうして、東屋に着いた頃には、カイル様を取り巻く空気が、むせ返るような甘さへと進化し、私を甘い恐怖で満たしていくのです。

嫌われたくないのに、はしたなくもカイル様を求める気持ちが止められません。

カイル様の姿を視界に入れてしまうと、自分が止められなくなりそうで、彼から視線を逸らしていたのですが……。

「アンジェリカ……」

カイル様の声に、つい視線を向けてしまいました。

名前を呼ばれただけだというのに、私は導かれるようにカイル様を見上げ、そっと瞳を閉じてしまいました。まるでキスをねだるように……。

「――――っ！！！」

グッと息をのむ音が聞こえ、カイル様の顔がそっと私に近づいてくるのを感じます。

もしかして、キスをして下さるのかしら……。

でも、唇に触れると思っていたソレは、「チュッ」という音と共に、軽く額に触れそのまま離れてしまいました……。

「……ぁ…………」

物足りない感覚に、思わず強請《ゆす》るような声が出てしまいます。

私は自分のそんな声に驚いて、閉じていた瞳を開き、カイル様から表情を隠すように俯きました。

そんな私の視界に、カイル様の体の横に垂らされた腕が見えるのですが……。

手は強く握り締められ、なんだかプルプルと震えているような……？


どうされたのかしら⁇


不思議に思い、先ほどまで感じていた恥ずかしさも忘れて、カイル様を見上げました。

カイル様はそんな私と目が合うと、毒気を抜かれたような情けない表情で、笑ったのです。その後、片手で口元を隠して横を向いてしまいました。

「アンジェリカ、マジ小悪魔なんですけど……」

カイル様が何か呟いたようですが、私には聞き取れませんでした。

なので、カイル様の横顔を見つめたまま、尋ねるように首を傾げたのですが……。再度私の方を向いて下さった時には、いつものカイル様に戻ってしまっていました。そして、蕩《とろ》けるような優しい微笑みに、上手く誤魔化されてしまいます。

一体、カイル様は何とおっしゃったのでしょうか？　気にはなりますが、あのように誤魔化されてしまうと、問いかける事もできません。

少しモヤモヤするものはありますが、追及するのは諦めましょう。


その後は、アフタヌーンティーを楽しんでいた場所まで、再び手を引かれて戻ったのですが……。

私の足元はフワフワと頼りなく、まるで、夢の中に迷い込んでしまったような気がしていました。

こんな幸せな時間、現実とはとても思えなかったのです……。

テーブルへ戻る最中、これが……、カイル様の私への甘い眼差しや仕草が夢だったら……と、恐怖を感じてしまいます。

もし夢なら、覚めないで欲しい……。

それでも、夢ではないと確かめたくて、何度も何度もカイル様を見上げ、そのたびに甘い微笑みを向けられる事で、私はなんとか落ち着きを取り戻す事ができたのでした。

4 イベント回避大作戦

今日のアンジェリカは本当に可愛かった。思い出すだけでも、色々と滾《たぎ》るものがある！

自室に戻った俺は、ダニエルに淹れてもらった紅茶を飲みながら、本日のデートを反芻《はんすう》していた。

邪魔が入ったのは頂けないが、とても有意義な時間だったと思う。しかし、あの有名なジンクスを実行する事はできなかったので、あの場所でのデートは、いつか必ずリベンジしてやろうと思っている。

それにしても、あの時の彼女のキス待ち顔は……。凶悪に可愛かったよなぁ。

よく我慢できたと思うよ、俺。


「カイル様、お顔が……」

何度目か思い出せないほどの回想を行っていると、ダニエルに可哀想な子を見るような目を向けられてしまった。

何時も微笑みを湛《たた》えているダニエルにあんな顔をさせるとは……。俺は一体どんな顔をしていたというんだ？

ダニエルから隠すように片手で顔を覆い、チロリと視線を向ける。

「そんなにか？」

「お気持ちはわかりますが、ギラギラしすぎです。その極地的なフェロモンをもう少しどうにかされませんと。……そのうち怖がられて、逃げられてしまいますよ？　お相手は何も知らない少女なのですから」

ダニエルから苦言を頂いてしまった！

あまりうるさい事を言わないダニエルに、こんな苦言を言わせてしまうほど、今の俺はアレな状態らしい。

でもだな！　俺にだって言い分はあるぞ？

「でも……、節度を守った触れ合いしかしていない、と思うのだが……」

髪に触れたり、肩を抱き寄せたりはしているが、唇へのキスはしていない。それ以外の場所へのキスといっても軽く唇で触れる程度だ。どれも、中学生並みの軽いスキンシップだろ？　いや、今時の中学生は進んでいるらしいから、それ以下の触れ合いかもしれない……。

抱きしめるのですら我慢しているというのに、それ以上俺にどうしろと？

言葉以上の不満が顔に出ていたようで、ダニエルは『やれやれ』と言わんばかりの顔をしている。その顔は、俺が子供の頃によく見せていたものだ。まるで、どうしようもない弟に向けるような……。

やめて！　そんな目で見ないで‼

まるで俺が駄々をこねているみたいじゃないか！

俺は『年頃の男の子』として、当然の主張をしているだけのはずだぞ？　なのに、残念な子扱いは、とっても心外だ！

慰謝料を請求するぞ⁉


心の中で盛大に文句を言っていた俺だったのだが……。

しかし、次にダニエルに言われた内容は、納得せざるを得ないものだった。

「他の事に気を紛らわせるのではなく、ただただ理性の力で衝動を抑えていらっしゃるせいで、フェロモンが増強しているようですよ？」

ナルホド……。要するにアンジェリカは、俺の溢れ出る下心に戸惑っているっていう事なのか……。

それは、怖がられて当然だな。

これは、なんとか制御しないといけないな……。必死で色々と我慢しているというのに、それが原因で嫌われたりしたら、堪らない。

「次から衝動を感じた時は、執務など嫌な作業の事を考えると、頭が冷めるのも早くなりますよ」

「わかった。できる限り善処しよう」

俺の考えなどお見通しのダニエルが、ありがたい助言を授けてくれた。

彼女から与えられるものは、痛みであろうとなんであろうと真正面から受け止めて消化していきたかったのだが、怯《おび》えられては意味がない。

仕方がない。彼女の様子を見ながら、少しずつ慣れてもらう事にしよう。

「ふむふむ」と今後の『触れ合い計画』を練る俺を見ながら、ダニエルは小さく苦笑していた。

だから！　その残念な子を見るような視線をなんとかしてってば！　結構、傷つくんだからな‼

俺の側近候補たちへの更生計画は、今の所はまずまず順調に進んでいるといえる。

折に触れ、ヒューイとダグラスには、現実に目を向けるよう、それとなく苦言を呈している。ヒューイには最悪でも、婚約者の汚点にならない行動するようにと、口を酸っぱくして言い聞かせているのだが……。不愉快な顔をされるだけで、それに対しての動きは未だにない。

これだけ働きかけているのに、それでも彼らが『君の為に全てを賭けて』と考えるのであれば、俺は国を導く者として、それ相応の対処をするしかない。

俺が『友人』として彼らにできる事は、苦言を呈する事ぐらいなのだ。公的な立場で彼らを見るなら、行動を改めない時点で見限るしかないのだからな。

俺が奴らの更生を待てる期限は、学園に在籍している間のみ。皇子としてじゃなく、『学生』として存在していられる間だけなんだ。

その間に彼らに変化がないようなら、俺は彼らを切り捨てるしかない。今の状態では、彼らはこの国にとって害にしかならない。そんな奴らを、国の中枢に置く訳にはいかないんだ。

奴らが早くその事に気づいて、自分の行いを見つめ直してくれれば良いのだけど……。

……ロバートの事は……、まあ、放置で。

あいつに色々な事を理解させるのは、俺には無理だ。『ロバート言語』の習得からとか、面倒臭すぎる。


それに……、ルイスの希望もあるし、な。

俺は、脳筋馬鹿の将来よりも、優秀な親友であり、将来の義兄となる予定であるルイスの、子供の頃からの望みを選ぶ。

それから、ビッチに関わらないという選択肢は早々に諦めた。ゲーム補正がかかるのか、どう行動しても遭遇するし、ミニイベントが起こってしまうんだ。下手に避けようとすると、周囲にも影響が出て、さらにややこしい事になってしまう。

あの、アンジェリカとのアフタヌーンティーデートに乱入された時みたいに、な。


つい先日も、アンジェリカ絡みのイベントが発生・進行してしまった。

『五日後のアレ』と言っていたヤツだ。

元々のイベント内容はこうだ。

公務の一環として、あのイングリッシュガーデン様式の中庭を訪れていたカイル。

その場所に偶然やって来たビッチ。

カイルの前で、いつもの如く何もない所で躓き、転びそうになる。それを助けようとしたカイルにラッキースケベな展開……ハプニング・キスをしてしまうのだ。

　そんな現場を、たまたまこの庭にやって来たアンジェリカに見られてしまい、ビッチに対して激怒する彼女から、カイルは何故かビッチを庇ってしまう。この事が原因で、二人は決定的に気持ちがすれ違い、関係が拗《こじ》れてしまうのだ。

　……というイベントが、『五日後のアレ』な訳だ。

　俺としては、こんなイベント起こす気もないので、この日この場所に近づく気などさらさらなかった。


　なのに、だ。

　その日俺は、イングリッシュガーデン様式の中庭に立っていたのだ……。

　やっぱり思った通り、ゲーム補正が働いてしまったって事、だよ。

　俺がその時そこにいた、その理由とは。


　学園内に広がるあのジンクスのおかげで、この庭を訪れるカップルがとても多いのだが、『記念に』と薔薇の花を手折り、持ち帰ろうとする者がとても多い。

　珍しい薔薇などは、蕾《つぼみ》まで持ち帰られてしまい、この庭は、『薔薇園なのに薔薇の花数が少ない』という事態になってしまっていた。

　それは、この庭を丹誠込めて手入れしている庭師にとって、とても嘆かわしい事だった。そこで、学園を通じて皇国へと陳情が入り、俺に現状を査察して、できるなら何か対策を講じてくるようにと、父から命令が来たのだ。

　しかも、その日の内に済ませるよう頼まれてしまったのだ。

　このイベントは避けられないと思った俺は、事態を最小限の被害で済ませる事ができるよう、色々考えてみた。

　そして、放課後の視察にアンジェリカを誘い、二人で現場を見に来る事にしたのだ。二人で薔薇の被害を確かめながら、どのようにすればこの被害を食い止める事ができるか話し合っていた。

「何か、罰則を設けてみますか？」

「それも良いと思うけど、どうやって盗人を見つける？　罰則があると知れば皆、隠れて花を持ち帰るようにならないかな……」

「そうですね……。問題が悪化するかもしれませんわね」

　こうやって二人で査察なんてしていると、まるで将来の自分たちを垣間見ているような気分になって、油断すると顔がニヤけてしまいそうだ。

　そんな風に仲良く査察をしていた俺たちの元に、予想通り、お邪魔虫がやって来た。

「あ！　カイル様とアンジェリカ様！」

　嬉しそうに大きな声を上げたビッチは、俺たちの元に走って近寄ってくる。突然のビッチの登場と大声に驚いて固まっているアンジェリカの隣で、俺は次の事態に備えて動けるよう、万全の態勢を整えていた。

「お二人とも、ここで何を……きゃぁ――――っ！」

「！ 危ない‼」

予想通り俺たちの目の前で躓いたビッチ。しかし、予想外だったのはヤツがアンジェリカに向かって倒れていった事だった。

俺は、とっさにアンジェリカを引き寄せようとしたのだが、正義感の強い世話焼きな彼女はビッチを受け止めようと、腕を広げて待機していたのだ。

アンジェリカにビッチを受け止めさせれば、一緒に転んだアンジェリカが怪我をしてしまうかもしれない。しかし、俺が受け止めるとラッキースケベが……。

考えた俺は、自分の唇を死守するため、アンジェリカの後ろに回り、彼女ごとビッチを受け止める事にした。

そして、計算通り彼女たちを受け止めて地面に転がったのだが……。

ビッチの顔は、アンジェリカのそれなりにふくよかな胸に埋まり、アンジェリカの左手は俺の股間……大事な場所ギリギリの所にあり、俺の左手は何故かビッチの胸を鷲掴《わしづか》んでいる。

カオス！ ラッキースケベが、恐ろしいカオスを引き起こした‼

「きゃぁぁぁあっ！」

「あ……、すまない……」

「か、カイル様……わた、くし……」

がばぁっ！　と俺たちから離れて、両腕で胸を隠すビッチ。

俺としても、流石にまずいと思ったので一応謝ってはおいたが、そんな事よりもアンジェリカの手の位置が気になって仕方ない。

ビッチの方になど目もくれず、アンジェリカの左手をガン見している俺に、彼女は真っ赤になって慌てて手を引いて自分の胸元に隠す。

「いえっ！　私が躓いたせいですから！　助けて下さって、ありがとうございます‼」

「え？　あ、ああ」

「…………」

「私ってば、昔からそそっかしくて、しょっちゅう何もない所で転んじゃうんですよ！　この間も○※¥×#$“＆＝……」

ビッチが何か言っているようだが、俺たちは二人の間に流れるなんとも気まずい空気が気になって、それどころじゃない。

何時までも地面に座っている訳にはいかないので、俺はアンジェリカに手を貸しつつ立ち上がったのだか、お互い気まずくて、目も合わせられない。

「あ、私の胸に触っちゃった事は、気にしないで下さいね？　よくある事なんで、私も気にしませんので！」

ビッチのこの言葉で、アンジェリカが覚醒した。

気まずそうにチラチラと俺を見ていた眼差しが、きつく吊り上がり、キッと、ビッチを睨《にら》みつけた。

「ミシェルさん、あなた……何か勘違いをされていませんか？」

「え？　勘違い……？」

「カイル様と私は、あなたを助けて転んだのですよ？　あなたが、その事を気に病むのは当然の事ですので、大いに反省して下さい！　でも、転んだ事で発生したアクシデントに対して、カイル様が気にする必要など、最初から何もありません。まぁ、この国の皇子にこんな態度を取る方には、そんな事さえ理解できないのかもしれませんが？」

アンジェリカ、嫌み炸裂です。

ゲームのカイルだと、アンジェリカをたしなめる所なのだろうが、俺は心の中で「いいぞ！　もっとやれ‼」なんて、彼女を応援していたりする。

「わ、私……そんなつもりじゃ……」

ビッチが、泣き出しそうな表情で、助けを求めるように俺に視線を寄越してくる。

その仕草に、さらに苛立った様子のアンジェリカの瞳が、さらに吊り上がるのを見て、俺は、そろそろ止めようかと思い、口を開いた。

「アンジェリカ、もうその辺りでやめておきなさい」

「カイル様……」

「カイル様っ‼」

納得がいかない顔をしたアンジェリカと、何故か嬉しそうに潤んだ瞳で俺を見つめてくるビッチ。

二人とも何か勘違いしているようだ。

「ロバートと同じだよ、アンジェリカ。特殊な言語を使わないと、上手く意志の疎通が図れないのだから、ムキになっても疲れるだけだ」

後に続けた言葉で、アンジェリカは俺の言いたい事を理解してくれたようで「そうですわね……スミマセン、カイル様。お見苦しい所をお見せしました」と謝ってきたのだが、ビッチはキョトンとしていた。

……どうやら、俺の嫌みは伝わらなかったらしい。

そして、『俺がアンジェリカから庇ってくれた』と斜め上な解釈をしたようで、「ありがとうございますっ！」なんて嬉しそうに言って、「じゃ、じゃあ、私はこれで失礼します」と、来た時と同じように走り去っていった。

「……まるで、台風のような方ですわね……」

「ホントにね……」

取り残された俺たちは茫然《ぼうぜん》としてしまったのだが、そのおかげで、あの気まずい空気も消えてくれた。

あんな事が原因でアンジェリカとすれ違って、二人の関係が拗れたりしたら、泣くに泣けない所だった……。

イベントって……、ゲーム補正ってマジで怖い……。

そして、中庭の薔薇泥棒対策は、ダニエルお勧めの『特定の範囲から許可なく薔薇を持ち出そうとすれば、その人物に電流が流れる』という、セ○ム真っ青な魔術具を使い、学生に告知する事で解決した。

そんな魔術具があったのなら、最初から付けておけよと思ったが、どうやらこの魔術具は、最近開発されたばかりのものらしい。

次から何かあれば、最初から物知りダニエルに聞く事にしよう！

絶対に、その方が確実だと思う。

俺は、そう強く決意したのだった……。

そんな事があったので、俺は無理にビッチを避ける事をやめ、代わりに次々とフラグを叩き折ってやる事にした。ビッチが何をしようと好感度が下がる、『鬼仕様』ってやつだ。

この間なんかは、またもやイングリッシュガーデン風の中庭で偶然会い、二人きりで話す状況ができてしまった。それだけでもあの出来事を思い出して、かなり苦行だったのだが、さらに哀れむような瞳で見つめられた上。

「カイル様は大きな責任を抱えて苦しいでしょうに、いつも笑顔で悟られないようにされているのですね……。でも、それではいつか限界がきてしまいますわ。……せめて私の前では無理に笑わないで下さい。その方が、私は嬉しいです」

とか、知ったか顔で言われた。

これには俺も、本気で切れた。

白鳥だって、水面では優雅に泳いでいるように見えるが、水面下では溺れないよう、沈まないように必死で足を動かしている。だが、皆に見せるのは優雅な部分で良いんだ。少なくとも俺はそう思っている。

必死で努力している事を知られていたとしても、それを自分から吹聴するつもりはないし、あまつさえわざわざ暴き立て「わかります」なんて共感されるのはただの屈辱でしかない‼

ゲームのカイルは努力を認めて、共感してくれる事を望んでいたようだが、俺にとってその言葉は、正に『逆鱗《げきりん》』だった。

必死に取り繕って表に出さないようにしている事を、ドヤ顔で暴き立てられ「私だけは、あなたの苦しみを知っています」なんて言われたら……。

アンジェリカやルイスも、俺の努力や苦労を知っているし、認めてくれている。でも、表立って「お前が努力している事は、知っているよ」なんて絶対に言わないし、俺が無理をしているようなら、そっと手を貸して支えてくれる。

それこそが本当の気遣いだと、俺は思う。

ミシェルのように、言葉で「わかります」と言うだけで行動が伴わないようなものは、ただの偽善だ。しかも、大して親しくもない相手に対して、かける言葉じゃないだろ？

頭に来た俺は、ビッチの言葉をありがたく受ける事にした。ビッチに対しては、一切、貼りつけた笑顔すらも向ける事をやめた。

そのおかげで、かなりのストレスがなくなったよ？　正に、不幸中の幸いってやつだよな‼
その事に対して、空気の読めないロバートは、「どうしたんだよ、カイル？　女の子にそんな顔するもんじゃないぜ！」なんてウインクつきで言ってきた。しかし俺が、「笑っていない方が嬉しいと言われたからな」と答えれば、あっさり納得してしまったのだ。

ほんとに……お前って……。

アンジェリカは今でも、俺の知らない所でビッチや攻略対象たちに、嫌味を言ったりしているようだ。しかし、ゲームでカイル攻略ルートに入った時のように、嫉妬に狂った感じは一切ない。多分、俺から示される重すぎる愛情は、不安を感じる隙もないのだろう。
さらに、至極もっともな事しか言わないアンジェリカは、当事者たち以外の生徒には好評のようで、悪い噂は一切聞こえてこない。

面白いほど、思い通りに事が運んでいる。
後は、今日のあのイベントを乗り切れば、俺的には一区切りつくな。
そんな風に思いながら、今日のイベントの詳細を思い出してみた。

あの入学式の日から、ロバートは所構わずビッチとイチャついていた。

ジェシカが見ている前だろうと、平気で花を贈り、求愛する。その光景にショックを受け、泣き暮らすジェシカ。

そんな親友を見ていられなくなったアンジェリカは、「今日こそは思い知らせてやりますわ！」と、いつもは持たない扇を手にロバートとビッチに対決を仕掛ける。その様子を、少し離れた場所でお茶を飲みながら眺めているカイルとルイス。

アンジェリカの正論と嫌みに逆切れしたロバートが、『婚約破棄』という言葉を口にし、キレたアンジェリカは手に持っていた扇でロバートを張り倒す。

騒ぎが大きくなった事で、やっと動き出したカイルがその場を収めて、アンジェリカとロバートを別室に連れ出してイベントは終了。その翌日、ロバートとジェシカの婚約は解消されるのだ。


それにしても……。

ゲームを見ていた時も思ったけど、なんで二人はこの騒ぎを傍観していたんだろうか？

ルイスとしては、ジェシカとロバートが婚約解消するチャンスだから、様子を窺っていたのかもしれない。だがせめて、アンジェリカが手を上げる前に止めてやって欲しかった。

女の子なんだから、そんな暴力を振るったりしたら、いくらなんでも評判に関わるだろ？

アンジェリカとジェシカの気持ちを考えて、対決を止める事はしないけど、暴力だけはなんとしても止めてみせる。

今朝会った時、アンジェリカが「今日こそは、あの男にしっかりわからせてやろうと思っておりますの！　騒ぎを起こしてしまいますが、許して下さいませ……」と言っていたので、イベントが起こる事は確定だろう。

そんな許可をわざわざ求めてくるアンジェリカが、抱きしめてしまいたくなるほど可愛いと思ったのは、ここだけの話だ。

そんな訳で俺は、ジェシカとロバート、二人の婚約解消についてルイスと最終打ち合わせを行うため、講義が終わってから連絡を取ったのだった。

ルイスとは、いつも通り執務室で落ち合う事にした。そして、当然執務も手伝ってもらう！

別に一人でできない量じゃないんだが、ルイスってばスゲー優秀なので、手伝ってもらうとかなり仕事が捗《はかど》るんだよ。その分、俺の自由な時間も増えるしさ！

「悪いな、ルイス。……お前が手伝ってくれるおかげで、かなり助かってるよ」

手分けして書類に目を通しながら、順調に執務を片付けていく。見る間に減っていく執務に、礼を言う。

計画会議のために呼び出したくせに、その前に執務を手伝わせているなんて……。ホント、悪いと思ってます！

……べ、別に、狙って執務を残してた訳じゃないんだぞ？　今日新しく来たものなんだからな!?

マジで悪いと、思っているんだからねっ！

「これくらい構わないよ。ていうかむしろ、今までこの量を一人でほぼ毎日片付けていた事に驚きだよ……」

そして優しい優しいお義兄様は、余裕のある男に相応しい余裕のある言葉で、俺の謝罪を受け止めてくれた。

なので俺は、ついつい調子に乗ってしまう。

「そう思うなら、ちょくちょく手伝いに来てくれても、良いんだぞ？」

「ふふ……。今回の件が上手くいったら、毎日手伝ってあげるよ」

冗談のつもりで言ったら、快諾されてしまった。

腹黒くも優しい未来の義兄は、これからも手伝ってくれるつもりでいるらしい。


ならば今日の『婚約解消』計画は、是が非でも成功させないとな！

あっという間に執務を片付けた後、今日の最終打ち合わせをする前に、二人で現状を整理しておく事にした。


まず、奴らの動向だが……。

案の定、ビッチを中心に、見事な逆ハーレムが形成されているらしい。

人目も気にせずに中庭で「キャッキャ、うふふ」と戯れている姿が多くの生徒に何度も目撃されている。さらには、六人がビッチの気をひくために、人前であろうと御構いなしに、彼女の前に跪《ひざまず》いて、贈り物をしている姿も度々見かけられるそうだ。

なんでも、六人がビッチを巡って争いが起こりそうになった時には、「やめて！　私のために争ったりしないで‼」という、あの伝説のセリフが聞けたらしい……。

その話を聞いた時には、流石に目眩《めまい》がした……。

六人の内、隣国のヘンリーやジャッキーは俺には関係ない人間なので、逆ハーレムでもなんでも、好きにしてもらえば良いと思っている。しかし、後の四人は問題ありだろう？


まず、教師！

生徒に堂々と手を出すんじゃない！　王族も通う『学園の品位』ってものがわからないのか？

大きな問題を起こされる前に、態度を改めさせるか、学園から出ていってもらうか……。

しかし、ここは一応治外法権となっている『学園』だ。俺が、皇子の権力で安易に手を出して良い場所じゃない。

それに、ここは現代日本とは違う。『教師と生徒』というタブーは存在しないのだ。家柄の釣り合いが一番重要視される、貴族社会なのだから。

一定のルールさえ守っていれば、ある程度の自由恋愛が許される。

……こいつは様子を見て、『学園』側で対処してもらう必要があるな。

学園長には、早めに報告しておこう。


次にヒューイ！

俺は言ったはずだよな？　ビッチに構いたいのであれば、婚約者の問題をどうにかしろと。それができないなら、人目のある所でビッチとイチャつくんじゃないと！

奴の婚約者は、ここの所毎日泣いているそうだ。それはそうだろう。あいつがあんな様子では、婚約者である彼女が「格下の女に婚約者を奪われた、年上女」などと嘲笑されるのだから、な。

まだ学園に入学して二週間程度。あまりの急展開に、気持ちも考えも追いつかないのだろう。

あいつは、一回しめておく必要があるな。それで変化がないようなら、彼女には別の幸せを見つけてあげよう。


そして、ダグラス……。

何、傷心に付け込まれてんだよ……。ビッチなんかに群がっているお前、カッコ悪いし惨めに見えるぞ？　あの頃のお前は、大勢の中の一人で満足する奴じゃなかっただろ？

周りから、自分がどんな目で見られているのか、わかっているのか……？

それとも、周りすらも見られなくなっているのか？


最後にロバート。

……うん、まあ……、お前はしょうがないな。馬鹿だし……。

やっぱりお前にジェシカは勿体なさすぎる。ロバートの両親としては、ジェシカに脳筋馬鹿な息子を支えて欲しかったんだろうが。

でも、たとえジェシカがどんな才女であっても、ロバートは、一六の少女が割り切って付き合える馬鹿のレベルじゃないだろう。

あそこまで疎《おろそ》かに扱われて、平気な女の子がいる訳がない。

それに……。ジェシカは既に、ルイスのジワジワと逃げ場をなくすような囲い込みに、追い込まれ始めている。本人も気づかないうちに外堀を埋められていて、婚約を解消したら、あっという間に捕まってしまう事だろう。

「無理強いだけはするなよ？」

と主語もなく釘を刺した俺に、ルイスはキョトンとした表情で俺を見つめてくる。

「何時だって僕は、ジェシカの気持ちを最優先で考えているんだから、無理強いなんてバカな事、絶対にする訳がないじゃないか？」

と、綺麗に微笑んでみせた。

ですよね……？

要らないおせっかいでした！

今の状況をまとめていて俺が不思議に思うのは、ゲームよりかなり早く攻略が進み、逆ハーレムが形成されているって事だ。本来なら、冬季休暇までに攻略を進めて恋愛イベントを起こし、エンディングを迎えるはずなのだ。

実際、ダグラスなんかは結構、攻略が難しいキャラだったはずなのに……。

その分攻略した後のデレっぷりが凄くて、キャラクターランキングBEST3に入るぐらい人気だったんだがな。

ヒューイやヘンリーも、ゲームではもう少し攻略に時間がかかっていたはずだ。なのに、ゲーム開始からひと月足らずでキャラの攻略が達成されている。

……これってさ、もしかして俺が原因だったり、する……のかな？

俺がビッチに冷たく接する事で攻略対象たちが「ビッチ可哀想」ってなり、さらに苦言を呈した事で「反対されればされるほど燃え上がる」ってなったとか？

『皆で俺からビッチを護《まも》ってあげよう』的な感じで……。

…………うん、気のせいだな！

俺には関係ない‼

それに、今は逆ハーレムを着々と形成中のビッチだが、ちょっとしたきっかけで個人ルートに突入する可能性はまだまだ十分にありえる。攻略対象である六人の仲が上手くいかないと、逆ハーレムなど成り立たないんだからな。

「彼らの事も気になるけどさあ、彼女の方の調べはどうなっているの？」

俺がウッカリ思考を飛ばしていると、ルイスにビッチの事を尋ねられた。

そうだった。その事も、しっかりルイスには報告しておかないとな。未来の参謀として、ルイスの意見も是非もらっておかねば。

俺は、早速ダニエルから聞いたビッチの情報を、ルイスにも伝える事にした。


ビッチは、男爵が愛妾《あいしょう》に産ませた子供だ。

そんな子供なので、当然正妻がその存在を受け入れるはずもなく、王都からかなり離れた田舎の別荘に愛妾共々囲っていたそうだ。


ビッチは何故か昔から男受けが良く、一〇歳を過ぎる頃にはビッチを巡っての問題が増えてきた。

それは年々酷くなっていくが、しかしビッチにはどうやら悪意はない様子（ここは怪しいと俺は思う！）。ビッチが言うには「だって、好きになってしまったんだもの！　何度も気持ちを捨てようと思ったのに、できなかったの！」という事らしい。

しかし、ビッチが一五歳になった時に、大きな問題が起こった。

男爵の次男（一二歳）が病気療養のため、別荘にやって来たのだ。

勿論、想像通りビッチに恋をした。さらに、長男（一四歳）が弟の見舞いに別荘を訪れ、こちらも予想に違《たが》わずビッチに恋をする。

……つまり、兄弟が腹違いの姉を巡って争い始めた訳だ。

流石にマズイと思った男爵は、ビッチに他の男をあてがおうと考え、この学園で婿探しをさせる事にしたらしい。

急いでビッチを手元に呼び寄せ（兄弟は、ビッチが学園に入学するまで、別荘で過ごす事になった）、最低限の教育（全く足りていないが）だけをして学園に放り込んだ訳だ。

そうすれば、男どもが勝手に群がってきて、あっという間に相手が決まるだろうと思っていたらしい。

しかし、まさか貴族の子息たちが婚約者を蔑ろにしてまで、ビッチに入れ込むとまでは、想像していなかったようだ。


ま、当然だよな。

普通の常識ある貴族なら、外聞や体裁を考えて大っぴらに婚約者以外の女性にアプローチなどかけないものだ。現状が異常すぎるだけなのだ。

「そんな爆弾、学園に投下せずに自分で処理して欲しかったよね……。まあ、僕にとっては良かったのかもしれないけど、ね」

「全くだな……。隣国の奴ら、国に持って帰ってくれないだろうか？」

「……そうだね。お願いしたくなっちゃうよね……」

俺たちは互いに目を見合わせ、大きなため息をついた。


ここだけの話だが……。

実は、ロバートとジェシカの事は、もう殆ど話が決まっていたりする。両家の筆頭執事に学園に来てもらい、現状を双方に伝えてもらっている。その上で、ウチの両親（まあ、皇帝と皇妃だな）に俺の意見を伝えて、婚約を解消する際には両家の間に入ってもらうように、お願いしてある。

その分、いつもより多めに書類が回ってきているのだが、可愛いアンジェリカと友人のためならなんという事はない。

もし今日、ゲームの中盤での山場である、あの「婚約破棄未遂イベント」が起こらなければ、王家の責任の下、穏便に『婚約解消』が行われる事になっている。しかし、あのイベントが起こってしまった時には、ジェシカ方のローリング侯爵家から、婚約破棄を行う事に決まっていた。

ジェシカにも、当然その事は伝えている。


最初はショックを受け、ロバートとの関係継続を希望していたジェシカだったが、ロバートたちのあの様子を毎日見ている内に限界が来たのか、最後は諦めた様子だった。

なので最近は、俺、ルイス、アンジェリカ、ジェシカの四人で過ごす事が多くなっている。俺はアンジェリカと二人きりの方が嬉しいのだが、あんなに傷ついた状態のジェシカをそのままにしておく事はできなかったんだ。

そして、まだロバートと婚約している状態のジェシカを、ルイスと二人きりにする事もできない。

そんな事をすれば、ロバートだけではなく彼女まで『ふしだらな女』と言われてしまうから。


そう考えると、四人で過ごすのが一番自然なんだよ。

俺たち四人の関係性は、俺とアンジェリカというカップルとそれぞれの親友という立場だからな。

その上、ルイスはアンジェリカの兄だし。

まぁ、それをアンジェリカが望んでいたというのが、一番の理由な訳だが。（コレ大事！）

最近俺は、少しずつカイルの記憶が自分のものとして、融合してきているのを感じている。元の俺を主体として、各人物へのカイルの気持ちが上乗せされていっている感じだ。

ルイスに対する信頼と友情の気持ち、ロバートには頭の可哀想な友人に対しての心配と憎めない奴という思い、ダグラスに対しては心配がとても強くあり、ヒューイには出来の悪い弟に対するような気持ちが、ジェシカの事は妹のように思っている。

ゲームキャラとして見ていた頃は、たとえ没落しようと、失脚しようと、なんとも思わなかっただろうが、今は違う。できるだけなんとかしてやりたいと、思っているのだ。


だからこそ、奴らには再々苦言を呈しているというのに、あいつらときたら……。


その分も、俺の怒りは、さらにビッチに向かってしまう訳だ。俺のあいつへの好感度はドンドンと下がり続けている。もし好感度メーターが見えれば、凄い事になってるよ？ 下限がねーんだから。画面真っ青。バッドエンドまっしぐらだね。

いけねぇ、つい熱くなってしまった。ビッチへ毒を吐き始めると、止まらなくなるんだよな。

話を戻して……と。


アンジェリカに対しては、妹を思うような気持ちと尊敬と、それから……少しの嫉妬を、カイルは抱いていたようだ。

カイルは、アンジェリカが何の気負いもなく努力している姿に憧れ、嫉妬していたようだった。彼女が弱音を吐いてくれれば、「自分も辛いのだ」と、「一緒に頑張ろう」と言えるのに……と。

彼女は、一切弱音を吐かず、当たり前のように努力する。ずっと心の奥に閉じ込めてはいたが、その姿が、堪らなく妬《ねた》ましかった。

ビッチは、この嫉妬の部分を上手く刺激して利用する事で、二人の関係にヒビを入れたんだな、と、今ならわかる。


だが今、カイルの中の人は俺だ！

俺は、アンジェリカに対して、嫉妬など感じた事もない。ただただ、可愛いとは思っているが、な！

なので、ビッチの策略などに、翻弄されるはずがない‼


その証拠に、カイルの記憶を受け入れた事で、アンジェリカへの尊敬の気持ちはさらに強くなった。

それ以外のものは、俺の気持ちが書き換えてしまったので、さらに彼女を好きになってしまっただけだったりする。

これ以上好きにさせて、俺をどうする気なの？

……アンジェリカ……、恐ろしい子！

5 イベントは止まらない

執務と悪巧みを終えた俺とルイスは、学園のカフェテラスで待ち合わせているアンジェリカとジェシカの元へいくため、廊下を少し急ぎ足で歩いていた。

しかし、どんなに急いでいても、決して優雅さを忘れてはならない。

放課後のまだ人けも多い廊下。立場的にも、常に人目を気にしなければならないのだ。

「そろそろロバート、限界だと思うんだよね。……ウチの妹ったら、あいつに毎日チクチクと嫌味を言い続けているから。あぁ！　早く爆発して、自滅してくれないかなぁ……？」

優雅な早足で歩いていると、天気の話でもするような気軽さで、ルイスが毒を吐いた。

「ふふっ」なんて嬉しそうに笑っているルイスの笑顔、安定の黒さです。

「……ルイスは、ジェシカ側からの婚約破棄を望んでいるんだよな？」

「勿論そうだよ？　……だってあいつ、ジェシカの事馬鹿にしすぎだろう？　いくらロバートがお馬鹿だからって、限度があるよ。——この間なんか、中庭であの女とキスしてて、さ。それも、ジェシカの見ている前で、彼女が見ている事を知っている上で、だよ？　……本気で、殺してやろうかと思ったよ」

最後の一言の所で、ルイスが無表情になった。

マジで怖いよ、ルイス。

そしてロバート……お前って奴は……。もう、フォローできねえよ。馬鹿すぎるだろ？

「今朝、アンジェリカに会った時、彼女も相当怒っていたよ。……今日は、『騒動を起こす』って言っていたから、何かやらかす気なんだろう」

「流石は僕の妹！　あんな奴、再起不能にしてやれば良いんだよ……」

俺の報告に、暗黒の微笑みを浮かべて、ルイスが嗤《わら》う。

俺がルイスのマジ怒りにドン引いていると、それに気づいた彼に
「もし君が僕の立場だったら、……どうする？」

と、俺を試すように笑って、聞いた。


ふむ。

アンジェリカがもし俺の目の前で、ズタズタに心を傷つけられたりしたら……？

「……許さないな。とことんまで追い詰めて、俺を敵に回した事を死ぬほど後悔させてやる……」

俺は笑って答えたが、きっと俺のこの笑顔はルイスと同じく、魔王様のソレなのだろう。

ルイスは俺の答えに満足したのか、「でしょう？」と言って笑った。その笑顔の意味は、「わかったら、邪魔すんなよ？　もし、邪魔したら……わかってるよな？」って事だ。

勿論、邪魔なんてする訳がない。そんな恐ろしい……。

だから、了承した印に俺も笑ってみせた。

黒い靄《もや》が漂っていそうな、俺たちの黒い笑顔での会話は、しかし、学園のお嬢さん方には堪らなく麗しく見えたようだ。

俺たちが歩いている廊下の其処彼処《そこかしこ》から、感嘆のため息が聞こえてきていた。


しかし、ロバート……。

お前、一番敵に回してはいけない人物を……。

迷わず成仏、するんだぞ？


俺たちがカフェテリアに到着した時には、既に中で何か騒ぎが起こっているようだった。


え？

これって、もしかして⁉


嫌な予感がした俺たちは、集まっている人を掻き分け、騒ぎの中心に近づいていく。しかし、人だかりが凄くて、中々近づく事ができない。

「ですから！　あなたも貴族なら、もう少し醜聞を考えて行動なさったら？　と、言っていますのよ！　みっともないですわ‼」

何時もの冷静な彼女とは違って、少し感情的になっているアンジェリカの嫌味が聞こえてくる。そして、ジェシカの啜《すす》り泣くような小さな声。


これは……！

もう、イベントが始まっているじゃねえか‼

確かゲームでは、このイベントには、最初からカイルも一緒にいたはずだぞ⁉

「みっともない事などあるものか！　オレは、ジェシカじゃなくミシェルを愛しているんだ！　そのために必要だと言うなら、こんな婚約、は――――」

慌てて人混みを掻き分けて、強引に近寄ろうとするのだが、間に合わない。今まさにロバートはあの言葉を言おうとしている。

アンジェリカが扇を振り上げ――――

ダ――――ンッ！！！

ロバートの言葉を遮るように、大きな音がカフェテリアに響き渡った。
アンジェリカは音に驚いて、扇を振り上げたまま固まって、こちらを振り向いている。

では、あの音はどこから……？

集まっていた人垣が、音のした場所に向かって、左右にゆっくりと開いていく。
開けた視界に見えたのは、誰もいない場所にあったテーブルセットが、派手に蹴り倒されている光景と――――

「ごめんね？　足、引っかけちゃった……」

今までで一番綺麗に笑うルイスの笑顔が、そこにあった。

テーブルセットを蹴倒し、魔王様スマイルで周囲を威嚇しているルイス。今の彼の怒りレベルは、『カムチャッカファイアー』くらいだろうか?

下手に絡むと、こちらにまでその怒りが向きそうだ。

「アンジェリカ、ロバート、大きな声を出してどうしたんだい?」

今のルイスは、所謂《いわゆる》『お触り禁止』状態だ。

なので俺は、ルイスから視線を逸らすと、アンジェリカとロバートに話しかけにいった。何時もの笑顔を浮かべながら、一人でゆっくりと二人の元へと近づいていく。

俺の姿を見て冷静さを取り戻したのだろう。アンジェリカは「はっ」とした表情で、振り上げていた扇を下ろし、そっと自分の身体の後ろにそれを隠した。いつもは持ち歩いていない扇なんて持っているって事は、アンジェリカは殺《や》る気満々でこの場に臨んだって事なのだろう。

だから、その事が俺にばれたと思って、扇を隠したんだな……。

まるで、俺に見られるのを恥じるようなその行動が、凄く可愛いと思ってしまう俺は、もう末期なのだろうと思う。

俺は、ゆっくり彼女の側に近寄り、自分の身体でアンジェリカに注がれる周囲の視線を遮った。そして、彼女が後手に隠した扇を握る手を、そっと捕まえる。

「ごめんね、大事な時に側にいられなくて……。そのせいで、君に……こんな事をさせてしまった

「……」

一番大事な時に側にいてあげられなかった後悔の気持ちを、彼女にだけ聞こえるような声で、小さく伝えた。

俺のその言葉に、泣きそうな表情になるアンジェリカ。扇を持つ手は、小さく震えていた。

怖かったんだろうな……。

いくら気が強いといっても、アンジェリカは女の子だ。こんな筋肉とやり合って、恐怖を感じないはずがないんだよ。

俺は、アンジェリカの扇を持つ手を握ったまま、彼女に背中を向け、ロバートの視界から彼女を隠すように立った。

「ロバート、ちょっとゆっくり話をしようか？　ここじゃ人目につくし、……執務室で、良いかな？」

ロバートに笑顔を向ければ、まだ興奮の冷め切っていないロバートは、鼻息も荒く頷《うなず》いた。口には出さないが、その表情は内心の不満がだだ漏れである。

いや……、口に出さなくなった分だけ、成長したと考えた方が、良いのか？

でもさぁ……。

「何時でもやってやんよ！」てな表情をしているロバート。お前、……本当にさ……。

思わずため息をついてしまった。その時、

「私が悪いんです！　ロバート様を責めないで下さい！　責められるべきなのは、私なんです！」

ビッチが両手を広げて、俺に対峙《たいじ》するようにロバートの前に立ち塞がった。ロバートはなんだか感激している様子で「ミシェル……、お前……」なんて呟いているんだけど……。


もう、ホント。なんて言ったら良いのか……。

うん、取り敢えずお前らまとめて、空気読め。


あー……。

そういやビッチの性格設定って、『性格が良くて頑張り屋。逆境にもめげない前向きな性格』だったっけ。

これって、『性格が良くて（悪気がない？　だけ）頑張り屋（ここは認める）。逆境にもめげない（超ポジティブシンキング）前向きな性格（勘違いでも猪突猛進）』て、事か。

空気なんて読める訳がねえよな。まるで宇宙人だ。生活文化・常識がまるで違うって事だ、言葉なんか、全く通じる気がしねえよ。

……なんだか妙に納得したわ。

だが、ここは俺が頑張らねば！　どんなに難しい異星間交流だとしても、俺はやり遂げてみせるぞ‼

気合を入れた俺は何時もの笑顔を消し、無表情になってビッチを見遣る。

「うん、大丈夫。君とは全く関係ない話をするだけだから、君がいると邪魔なんだ。私の言っている事、理解できるかな？」

冷たい声で、ストレートに伝えてみた。回りくどく言ったら、絶対に斜め上な理解をされるだろう。

これだけストレートに言っても、ちゃんと伝わるかどうかは五分五分だ。

ビッチは、著しいコミュニケーション障害を持っているのか、マトモな話ができないみたいだからな。

「そんなの嘘《うそ》です！　私の事で、ロバート様を責めるつもりなんでしょ⁉　話し合いをするなら、私にも参加する権利があるはずです！」

ほら、やっぱり理解してくれなかった。

ビッチは、『キリっ！』という擬音が聞こえてくるような表情で、話し合いに同席させろと主張してくる。


通じないとは思ってたけどっ‼

コイツのこの自信と理論は、一体どこから湧いてくるんだ？

お前は関係ない、邪魔だと言っているのに、どうして同席するのが当たり前だと思う⁇

たとえ、今回の件でロバートを叱責するとしても、国の重要な書類などがある場所に、たいして知りもしない、親しくもない人物を招く訳がないだろう？

言ってやりたい事は溢れ返っているが、その気持ちをグッと飲み込んで、必要最低限の言葉に絞って伝える。

「この国の将来に関する話をするんだ。君には全く関係ない。側にいられると迷惑なんだよ。ついてこないでくれ」

絞りに絞った、短い言葉をハッキリとぶつけてやると、今度は、ビッチが泣き出してしまった。

なんで泣くのか理解ができん！

あれか？　女子お得意の、泣いたもの勝ち的なやつか？

案の定、そんなビッチの元に慌てて近づいてきたヘンリーが、彼女を抱きしめて俺を睨みつけてきた。奴は俺を睨みつけながら、なんか言いたそうにしている。

だがしかし！

お前の睨みなど、俺にはきかん！　だから、話を聞いてやる事もない‼


俺は、ヘンリーの存在を華麗にスルーしておいた。

「ロバート、いくぞ？　ダグラス、ヒューイ、お前たちもついてこい」

「逆らう事は許さない」と笑ってみせると、三人は渋々ながらも歩き出した。

三人を引き連れながら、怒れる魔王様の様子を窺うと……。

なんと、ルイスは何時の間にかちゃっかりと、一人では立っていられないジェシカを抱き支えて歩いていた……。


流石、抜け目ないよね。

おっと、忘れる所だった。

「騒がせてしまって、すまなかったね」

最後に俺は、カフェテリアに残る学生たちにとっておきの笑顔を向け、一言謝っておく。

そうして俺たち七人は、執務室へ向かったのだった……。


「ダニエル、お茶の用意をしてくれ。今から話し合いをする。……それから、例の件を早急に進めておいてくれ」

「承知致しました。……全て準備できております」

執務室に到着してすぐどこへともなく声をかけると、背後から落ち着いた声で返答があった。その返答は、俺の望みの一歩先をいくもので……。


やっぱり外さないね、ダニエルは。


何時の間にか執務室の中には、七人分の席が用意されているし。

用意されていたのは、大きめの円《まる》いテーブルで、俺の右隣からアンジェリカ、ダグラス、ロバート、ヒューイ、ルイス、ジェシカの並びで座ってもらう事にした。

この並びが一番安全だと思うんだ。ロバートとルイスは絶対に離しておきたいしな。でないと、魔王様が暴れ出しそうだ。

取り敢えず全員席に着くよう促し、紅茶を振る舞った。

ダニエルが淹れてくれた、美味い紅茶を一口口に含む。

ふぅ、やっと落ち着いて話ができる。やっぱり美味い紅茶は、気持ちが落ち着くね。

……さて、一息ついたし……、始めるか！


まずは……。

「ロバート。お前、あんな所で何をするつもりだったんだ？」

何時もの笑顔は消し、厳しい表情を奴に向けて、問いかける。

そんな俺の厳しい表情に、自分が断罪されているように感じたのか、奴は言い訳を始めた。

「それは！　アンジェリカがあまりにも俺を馬鹿にするか――」

「ふぅん……。女の子のせいにするんだ」

しかしそんなロバートの言葉《いいわけ》を、ルイスが放っておく訳などなく、おっとりと笑って遮る。

いや、お義兄様。その笑顔とっても怖いです。それに、アンジェリカを守るのは俺の使命なので、取らないで下さい。


一応、ルイスは視線で咎《とが》めておいた。「めっ！」って感じで。

「ロバート、それはお前の騎士道、紳士道には反しないのか？」

脳筋馬鹿なロバートに手っ取り早く物事を理解させるためには、騎士道と紳士道を絡めて説明してやる事だ。それだけで、案外簡単に理解してくれる。

案の定、この説明で多少の理解ができたのか、ロバートはハッとした表情になり、

「すまない！　オレはなんて事を……‼」

なんて言って、言葉を詰まらせて項垂《うなだ》れていた。

こいつがどんな理解をしたのか、それはわからない。だが、『悪い事をした』くらいは理解してくれている……、と思いたいのだが、どうだろうな？

まぁ、こいつも宇宙人だしな。ただ、ビッチと違って『簡易的な翻訳』ができる分、まだ救いがあるか。

そして、今回の事はロバートだけの責任ではない。あの時、あの場所にはロバートを止める事ができる人間が、二人もいたんだ。

「お前たちもだぞ？　ダグラス、ヒューイ。あれがどういう事になるのか、理解できるはずのお前たちが側にいて、何故止めなかった？　……もしかして、そんな事すら判断できなくなっている、とでもいうのか？」

「この無能共が！」という気持ちを込めて言ってやる。

「……すまない……」

「すみません」

ダグラスは自分を恥じるように謝り、ヒューイは謝りはしたが納得がいかないのだろう、不貞腐れているように見える。

「あのタイミングで、ルイスがあの行動を取ってくれなければ、他国の王族もいる前で、何が起こっていたと思うんだ？　いくらアンジェリカが将来、皇妃になる予定だといっても、あんな役目を、女性にさせるんじゃない！」

「ああ……。アンジェリカ、すまなかった……！」

「………」

俺の言葉に、ダグラスは立ち上がり、アンジェリカに視線を合わせてから、深く頭を下げて謝罪をしたのだが……。

ヒューイは、俺やアンジェリカから不貞腐れたまま視線を逸らし、返事すらもしない。


……ヒューイは……ダメかもしれないな。


俺はこの国を背負う人間だ。切り捨てる時は、迷ってはならない。だが、今はまだ学生だ。だから……。

俺が学園を卒業するまで。それが、俺がお前たちに与える事ができる時間《タイムリミット》だ。

それまでに、将来の側近に必要だと思えなければ、容赦なく切り捨てる！


俺は覚悟を決めるため一度瞳を強く閉じ、グッと力を入れてから再び開く。

その時、隣に座っていたアンジェリカが、テーブルクロスの下、膝の上に乗せていた俺の手の上に、そっと自分の手を重ねてきた。

その瞬間、俺の身体から不必要な力がフッと抜けていくのを感じた。チラリと視線を向けると、彼女は毅然《きぜん》とした表情で前を向いたままだった。

今この瞬間、俺の気持ちが、とても支えられているのがわかった。一人じゃないのだと、強く感じる事ができる。

俺は、重ねられた手をギュッと握り返し、そこから力をもらう。

「ロバート、ローリング侯爵家から婚約破棄の願いが出ている。理由は……わかるよな？　それに伴い、お前の家から、一度お前を家に戻して欲しいとの願いも出ている。学園の許可はもうもらっているので、迎えが来たら、お前は一度家に帰れ」

俺の言葉にロバートは、項垂れたまま小さく頷いた。

次に俺は、ダグラスとヒューイに視線をやる。

「ダグラス、お前はもう一度しっかりと、今の自分を見つめ直せ」

「はい……」

「ヒューイ、お前は明日までに自分の婚約者と、今後についてキチンと話し合ってこい。それから、自分の立場と将来を見据えて、一度じっくり今の自分の事を考えてみるんだ。……これは、命令だ」

「……わかりました」

ダグラスは項垂れて返事をし、ヒューイは挑戦的な瞳を俺に向けて返事をした。

言わなければならない事は伝えた。後は各々の判断に任せるしかない。

「俺からの話は以上だ。解散してくれ」

俺の言葉に、不機嫌丸出しなヒューイが一番に部屋から出ていく。次に項垂れたロバートが。ダグラスは何故か、席に着いたまま動く様子がない。

後のメンバーも、ダグラスに視線を向けたまま動き出す様子はなく、そしてアンジェリカの手が離れる様子もない。

後もう少し、頑張る必要があるみたいだな。

解散を告げても、部屋を去る気配のないダグラスは、動く事もせず席に着いたままだ。ビッチの側にいる時にも思っていたのだが、その表情は、俺の知っているダグラスとは違っているように感じる。

そして、この場に残っているって事は、俺たちに何か話したい事があるのだろう。なんか、口をパクパクしているしな。

何か言いたいが、話し出すきっかけが摑めないのだろう。なら……。

「ダグラス、お前はあいつらと一緒にいかなくて良いのか？ ……それとも、まだ俺たちに何か話でも、あるのか？」

取り敢えず、少しでも話しやすくなるように水を向けてやる。

俺から声をかけてやると、ダグラスは驚いたような顔をして俺たちを見つめた。その様子から察するに、まさか声をかけてもらえるとは思っていなかったようだ。

声をかけられた事に、一瞬嬉しそうな表情を見せたダグラスは、だがすぐにその表情を、泣き出しそうな情けないものに変えて俯いてしまう。

そのまま暫しの沈黙が続き、冷めてしまった紅茶をダニエルが淹れ直し始めたタイミングで、嗚咽《おえつ》をこらえるような声がダグラスから聞こえてきた。

誰もダグラスを急《せ》かす事などなく、彼が落ち着くまで優しい沈黙を保つ。

俺たちは、ダグラスが落ち着くまで、ゆっくりと紅茶を楽しんだ。

嗚咽が聞こえなくなるまでの間に、俺は紅茶を二杯も飲んでしまったから、お腹がガボガボだ。そんな俺を、ダニエルが残念な子を見る眼差しで見つめているのに気づいた。

ちょっ！　だから、何度も言っているけど、そんな目で俺を見ないで‼

しょうがないだろ⁉　間が持たないんだよ！

俺は、シリアス体質じゃないから、こんな空気に耐えられないんだよ！　でも、空気を読んで、茶化す事もせずに我慢しているんだぞ⁉

俺が心の中でダニエルに必死で文句を言っていたら、今度はダニエルに面白そうな、俺の反応を楽しんでいるような笑みを向けられてしまった。

くそ！　ダニエルめ‼

俺の心を読んでいるんじゃないだろうなぁ⁉

俺がダニエルと無言で遊んでいる間に、ダグラスは落ち着きを取り戻したようで、顔を俯けたまま目元を片手で覆い、前髪をクシャリと掻き、聞き逃しそうなほど小さな声で話し始めた。

「ボクはもう、自分がどうなっているのか、わからないんだ……。……助けて……くれ……」

ダグラスと知り合って十数年間で、初めて求められたＳＯＳだった。

俺の知っているダグラスは、自信家で頭の回転が早く、油断できないヤツだった。

それが変わってしまったのは一年前。

相思相愛だった婚約者が病気で死んでしまった事で、ダグラスの心は少し壊れてしまったようで、全く笑わなくなった。自分の殻に閉じこもってしまい、俺たちを一切寄せつけなくなってしまったのだ。

覇気がなくなり、家族とすら殆ど会話をしない。食事も、生きるための必要最低限程度しか食べないので、見る見るうちに痩せていった。

でもこういうのってさ、結局は自分自身で乗り越えるしかないだろう？

ゆっくりと時の流れが傷を塞いでくれるのを待つか、奇跡の出会いが訪れるか。

だから俺たちは、近づきすぎず、離れすぎずで様子を見守る事にしていたんだ。


……まあ、約一名を除く訳だが……。


そう、ロバートだ。

奴は空気も読めないが、人の気持ちを思いやる事もできない。落ち込んでいるダグラスに付き纏い、

「女は腐るほどいるんだ！　元気出せ‼」なんてデリカシーの欠片もない事を平然と言っていた。

本人には悪気など全くなく、純粋にダグラスを心配して元気づけようとしているのがわかるだけに、たちが悪い。

「今は何も言わずにそっとしておいてやれ」と言っても、「どうしてだ⁉　お前らは、幼馴染があん

なに落ち込んでいるのに、なんとも思わないのか⁉」と言って、ダグラスに構う事をやめようとしない。

無理矢理外に連れ出して、女の子を紹介したり、そのままデートさせようとしたりなど、デリカシーの欠片もない事を平気で行っていた。

そんなロバートを、俺たちはなんとかダグラスから引き離し、心が癒えるのを祈っていた。

完全にロバートを離す事は流石にできなかったが、それでも、『悪気のない行動』の犠牲になる事は減っていたと思う。

そして、ダグラスは一年経ってやっと、貴族の標準的な外面を保てるくらいに快復してきていたんだが……、ビッチと出会ってしまった訳だ。

そのせいで、ダグラスはこんな風になっている訳だが……。

ビッチとダグラスが急速に近づいた理由。

……俺には、一つ思い当たる事があったりする。

確か、逆ハーレムルートには、ダグラス攻略の裏技があった。

まず、出会いイベントにロバートを巻き込む。そうすると会話選択肢が増えるんだよな。

えっと、なんだっけ？　あん時のセリフは……。

「どこか、痛いんですか？　……まるで塞がらない傷を、必死で隠している手負いの獣みたいに見えます」だったか？

その言葉でダグラスはビッチに興味を持ち、ロバートは「ミシェル！　君ならダグラスを救えるかもしれない！」とか寝言をほざいて、自分が知る限りのダグラスの個人情報を教えて、二人が会う機会を積極的に作るんだよな。そのおかげで、ダグラスの攻略難易度が、かなり下がる。

……ロバート。

うん……もう、何も言うまい……。

後は、「彼女の分まで幸せになる義務がある」とか「忘れる事は罪じゃない」とかも言っていたよな。

それで確か落とされるセリフが、「私にはその傷を隠さなくて良いんです！　痛むなら、私が手当てします！　是非、私に癒させて下さい！」だったか？

ビッチは、本当に男の心の弱みを見つけるのも、そこに付け入るのも上手いよな。

ただ……。そんなチンケなセリフに騙されるなよ、とも思うけどな。

「クラリスが死んで、あの時にボクの心も一緒に死んでしまったと思っていた。でも、まだ一年しか経ってないというのに、あの頃よりも悲しみが薄れてしまっているんだ‼　コレは彼女への裏切り、なんだよ……。だから……だからボクは、日ごと薄れていく悲しみに苦しんでいたんだ！」

ダグラスは静かに涙を流しながら、語り始めた。

今度は嗚咽を零す事もなく、静かに、涙だけがとめどなく瞳から溢れている。

「そんな時に出会ったのが、ミシェルだった。彼女が僕に与えてくれる言葉は、まるで瘡蓋《かさぶた》を無理矢理剝がそうとしているようで、塞がりかけていた場所から再び血が流れ出すようだった。なんだか……、薄れていた痛みが元に戻っていくようで、コレでボクはクラリスを裏切らずに済むと、そう思えたんだ……」

静かに、ビッチと出会ってからの心情を語るダグラス。その瞳に宿る感情は、一体どんな種類のものなのか……。

聞いている方が、辛かった。


……なんだよそのMプレイ。わざわざフラッシュバックを起こさせているとか、自虐行為にもほどがあるだろ。

そっか……。心の痛みに、依存していたのか……。

そんな状態じゃまともな判断なんて、何もできなくなっていても不思議じゃない。

でもな？　国を支える人間がそんな事では困るんだよ……。


ダグラスが抱えていた事情は、まぁ、理解した。

でも……、どうすっかなぁ……これ。

一番手っ取り早いのは、元凶と引き剝がす事か？

後は、カウンセリングでもして、リハビリしてもらうか。

幸い、良いカウンセリングの人材には、心当たりがある。

なら、早速実行してしまおう！

「ダグラス、お前の事情は理解した。それについてはこちらで対処するから、お前は暫くミシェルと接触するのは禁止だ。当分の間は、俺たちと過ごすようにして、講義以外は執務室に来るんだ」

ダグラスは隔離してしまう事にする。

ダグラスもこのままではいけないとは思っていたようで、俺の決定に異を唱える事なく素直に了承してくれた。

話し合いが終わってから、アンジェリカとジェシカを部屋まで送り、ついでにダグラスも自室に送り届け、彼の執事に今日の事を伝えておいた。

しかし……。

ダグラスの事は、かなりショックだった。まさかあのセリフで、あんな風に精神攻撃を受けていたなんて、な……。

カウンセラーに抜擢《ばってき》した人物には、ダニエルから依頼を伝えてもらっている。全ての根回しは完璧だ！

皆を部屋に送り届けた後、俺はルイスを部屋に招待して、〝反省会〟と銘打ってお茶を飲んでいる訳だが……。

お互い、何を話したら良いのかわからない状態だ。

「ねえ、カイル。あのミシェルっての、本気でどうにかしないと、この国に影響が出てくると思うんだ。この学園内でも、わかっている六名以外にも色々と協力したり、隠れて求愛している奴らもいるみたいなんだよ……」

疲れたようなルイスが、今一番の懸念事項の話を始めた。

その噂は、俺も聞いていた。

立場も身分も関係なく、ビッチに魅了されていく貴族子息たち。このままでは、取り返しのつかない問題が起こるような予感がして、気が気でない。

これは、もっと詳しくビッチの事を調べる必要があるんじゃないのか？

そう思った俺は、お茶のお代わりを給仕しているダニエルに視線を向ける。

「ダニエル」

「承知致しました」

ウチの有能な執事は、名前を呼んだだけで俺の言いたい事を察してくれたようだ。

流石、エスパーだよな！

「ルイス。お前もジェシカと二人で、学園内でのあの女の噂をもっと深く探ってくれないか？」

「勿論！　喜んで協力致しましょう、カイル殿下……」

『ジェシカと二人で』って所が気に入ったのだろう。ルイスはとても嬉しそうに笑って、ご機嫌でこの任務を引き受けてくれたのだった。

6 再調査をしよう

あの「婚約破棄未遂事件」から、早くも一週間が経った。

事態は今、中々興味深い展開へと進んでいる。

まず、ロバートは自宅に帰ったまま、未だ家から戻ってこない。今、レッドフォード侯爵家は大変な騒ぎになっているようだ。

ロバートは長男なので、順当にいけば、侯爵家と近衛騎士団長の座を継ぐはずだったのだが……。

勿論、あんな問題を起こした脳筋には、とても継がせられないだろう。

ロバートが侯爵家を継ぐ事は、最悪、家ごと潰せば良いんだから良しとしても、近衛騎士団長を継がれるのは、国として困る。王家の守護責任者があんな脳筋では、暗殺者や他国のスパイが入り込み放題になってしまう。

優秀な補佐を副団長に据えて、そいつに実権を握ってもらえば良いのかもしれないが、ビッチのような特殊な恋愛技能を持ったスパイが現れた時の事を考えたら、恐ろしくて権力を持たせられないのだ。

だって、「愛するものの頼みを断るなど、紳士としてありえない」とか言って、簡単に国の防衛機密とか渡しそうじゃん？

だから俺は、かなり早い段階からその事を、ダニエル経由で父に報告して、人事の見直しを依頼していた。

しかし、簡単に判断が下せる問題ではない上、俺たちの学生生活は後一年以上ある。ロバートが学園を卒業して、騎士団に入るまでまだ余裕があるという事だ。

なので、様子を見ながら少しずつ話を進めていく方針だったのだが、今回の件で一気に話が進む事となった。

レッドフォード侯爵家も、近衛騎士団長の地位も、奴の弟が継ぐ予定だそうだ。侯爵家では現在、弟の再教育が急ピッチで進められているらしい。

どちらの教育も、早く始めた方が良いものだからな。

幸いな事に奴の弟は、それなりに優秀な頭脳と貴族としての常識を持っているらしく、さらに、空気を読む事までできるらしいのだ！　ロバートと同じ遺伝子を持っているとは、とても思えないよな？

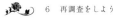

しかし……。

今回の騒動を聞かされた時の、レッドフォード侯爵の驚愕の表情は凄かった。

俺も、今回の騒動の責任者としてジェシカと共に、報告のために王城へ出向いていたのだが、今回の件を淡々と説明する俺の顔を、恐ろしいものでも見るような表情で見つめていた。

レッドフォード侯爵も、まさかロバートがそこまで馬鹿だったとは思っていなかったらしい。「息子は学園で何を学んでいたのでしょう？　……講義には出ているはずですよね？」と、俺に聞いてきたぐらいだ。

レッドフォード侯爵としては、たとえロバートとジェシカの婚約がなくなっても、ジェシカには、奴の弟と婚約してもらおうなどと考えていた節があったようだ。

しかし、奴がジェシカに対して取った行動は、ジェシカだけではなく、ローリング侯爵家をも侮辱するようなものだったのだ。

そんな状態で、奴の弟との婚約など申し込む事もできず、ローリング侯爵へは平謝りして、多額の破談金を支払う事になったのだ。

それにしても……。

俺から父へは、ダニエルを通してロバートの行動は報告していたし、父からレッドフォード侯爵へも苦言を伝えてもらっていた。ローリング家からも、苦情は来ていたはずだ。

なのに、侯爵は「ロバートは紳士道・騎士道を重んじる男なので、その道から逸れる事はない」なという、よくわからない理由でロバートを放置していたらしいのだ。

俺には、ロバートの脳筋のルーツが見えた気がしたよ……。大丈夫なのか？　この国の防衛？

しかし、どうやら俺の心配は杞憂《きゆう》で終わるようだ。何故なら、レッドフォード侯爵には、切れ者の夫人が付いているから。

そんな夫人がいるのに、何故、今回こんな事になるまでロバートが放置されていたのか……。

その理由は……。

レッドフォード侯爵夫人は、今回の騒動が起こるまで、ロバートの素行について知らされていなかったらしいのだ。

だから、俺から奴の報告を聞いた時は、顔色をなくしていた。

レッドフォード侯爵が、夫人に伝えれば事が大きくなると思い、何も伝えていなかったようだ。

入学から婚約破棄まで二週間ほど。俺がダニエルを通じて父に報告したのが、入学式から三日ほど経ってからだし、父から侯爵に話がいくまでにもそれほど時間はかからなかったはず。

と、いう事は。レッドフォード侯爵は、一週間以上も妻に何の相談もせずに、ロバートを放置していたという事だ。

「あなた、後で大切なお話があります……」

レッドフォード侯爵に向けてそう言った夫人の表情は、ルイスも敵《かな》わないほどの魔王様仕様だった。

夫へ向けて、魔王様の微笑みを向けたその一瞬後には、表情を改めて、ローリング侯爵夫妻の前に立つ。

「我が家の愚息が、大変失礼な事を致しました。今回の事は、レッドフォード侯爵家の不徳からの、婚約辞退という事にさせて頂いても、宜しいでしょうか？」

全面的に非を認め、社交会でローリング家に少しも悪い噂が立たないよう、一方的な『破棄』ではなく、レッドフォード侯爵家が一歩下がる形での『辞退』を選んで提案する辺り、ソツがない。

この方法では、ローリング家としてはすっきりしない部分も残るだろうが、社交界においては、両家の仲が悪くなった訳ではないとアピールできる。さらに、ジェシカに対して「婚約者を奪われた」

などという、不名誉な噂も立てにくくなる。

その分、ゴシップとしての内容には弱くなり、様々な攻撃を避けやすくなってくれるという訳だ。

さらには、レッドフォード侯爵家は、嫡男のロバートを跡取りから外すと決めた事で、ローリング侯爵家へ対して十分な配慮も示してくれた。

ローリング侯爵夫妻としても、これ以上は何も言う事はないようだ。

現在、公爵家の跡取りルイスが、自分がジェシカの婚約者の後釜に座るために、せっせと外堀固めを始めているのだから、ローリング侯爵家としても、今回の『婚約解消』を大きなニュースにはしたくないはずだ。


ローリング侯爵夫妻は、苦笑いでレッドフォード侯爵夫人の謝罪と提案を受け入れ、今回の騒動は両家の間では、一応の決着をつける事ができた。

レッドフォード侯爵家と、ローリング侯爵家との和解がなされた後、レッドフォード侯爵夫人はゆっくりとジェシカの方へと近づいてきた。

そのまま、優しくジェシカを抱きしめて「ウチのバカ息子が……。本当にごめんなさい……。私は、あなたが娘になる日を、とても楽しみにしていたのに！」と泣きながら、何度も謝っていた。

どうやら夫人は、ジェシカの事を本当に娘のように思っていたらしい。脳筋な亭主、脳筋すぎる息子、考える事もできるがやっぱり脳筋寄りな息子、というムサクルシイ男どもに囲まれている夫人は、ジェシカに癒しを求めていたのだろう。

ジェシカを抱きしめながら、ロバートを呪う言葉が次々と紡がれていた。

そして夫人は、ひとしきりジェシカを抱きしめて堪能した後は、俺に対しても、

「寛大なお心で愚息を見守って下さっていた殿下の期待を裏切る事になって、誠に申し訳ございませんでした……。今後は、ジェシカの幸せのために、是非とも彼女に手を貸して、色々と助けてあげて下さいませ。お願い致します」

と、丁寧に頭を下げたのである。


多分夫人は、ルイスの気持ちも知っていたのだろう。言葉の中に、何か含まれているのを感じる。

二人の婚約が解消されてしまえば、ルイスが大人しくなどしていない事をよくわかっているようだ。

多分、この先ルイスがジェシカの気持ちを考えずに逃げ道を防いでしまう事を、心配してくれているのだろう。

「大丈夫ですよ。ヤツは、『ジェシカの気持ちを最優先で考えているから、無理強いなんてバカな事は絶対にしないよ』と常々言っていましたし。それに……、あんな良い男に本気で口説かれて、落ちない女性はいないと思いますよ？」

俺は、夫人の心配を消すためにも、夫人にだけ聞こえるよう小さな声で笑顔を向けて告げておいた。

「そうですわね……。ウチのバカ息子に嫁ぐより、ずっと幸せにして下さるでしょうし、今までの行動を考えても、無理強いなんてするはずもありませんわね」

俺の言葉で、今まで何も言わずにジェシカの気持ちを優先して、見守っていたルイスの事を思い出したのだろう。小さく呟き、悲しそうな、嬉しそうな表情で微笑《わら》ってみせた。

俺は、レッドフォード侯爵家はホントにこの人のおかげで成り立っているのだと、この時強く実感

したのだった……。

まぁ、そんな事があった訳だが……。

とりあえず、ロバートの今後をどうするのか、その結論が出るまでヤツが学園に戻ってくる事はなくなった。

きっと、夫人が素晴らしい采配を見せてくれるのだろう。

俺は、期待してその時を待つ事に決めた。

ロバート……。いるとウザくてどうしようもないが、いないと少し寂しい気がする……な。

そして、ヒューイの方も結局、婚約を解消する事になった。あの事件の翌日に、婚約者であるエイプリル・オーガストと話し合い、とうとう見限られてしまったようだ。

エイプリルは俺より一つ年上で、オカン気し……、長女気質な性格の女性だ。甘ったれなヒューイにはちょうど良い相手だと皆が思っていたのだが、自尊心の強いヒューイには、彼女は合わなかったのだろう。

そんな時に、男の好みを瞬時に見抜き、欲しい言葉をタイミング良く与えてくれるビッチと出会ってしまった、という事だ。

口うるさいオカ……姉と、欲しい言葉をくれ自尊心を満たしてくれるビッチ。甘ったれなヒューイが選ぶのなら、そらビッチだわな。年齢的にも、姉さん女房より少し頼りなさげな同い年の女の方が、彼の自尊心を満たしてくれるだろうし。

エイプリルはヒューイとの話し合いの席で、「ここまで（バカ）だとは、思ってなかった」と、すぐさま婚約解消を決めたらしい。

両家に対しても父を通じて早くからに話を通しておいたので、問題なくスムーズに婚約解消できたようだった。

そんな訳で最近、講義以外の時間は、俺、ルイス、ダグラス、アンジェリカ、ジェシカ、エイプリルの六人で過ごしている事が多い。

そして、そんな中でも……。

ダグラスは、今、目が離せない状態だ。

ビッチに心の傷を抉《えぐ》られて、クラリスが死んだ時よりも傷が深くなっている。衝動的に自分を傷つけたくなる時があるようで、何をするかわからないのだ。

エイプリルには、そんなダグラスを見守って欲しいと頼んでおいた。そう、カウンセラーとしてスカウトしたのは、彼女だったのだ。

彼女は世話焼きな人物であるが、悩みを抱える人物に対する世話の焼き方が、少し変わっている。アドバイスを欲しがる人物へはアドバイスを送る事もあるが、基本的にはひたすら話を聞き続け、自分で答えを出すまで待つ。

出した答えをとやかく言う事もなく、ただただ見守る。壁に当たればまた、何時までも話を聞き、答えを出すのを待つ。そんな気の長い、根気のいる方法を取る人なのだ。

果てしなく受け身で忍耐のいる方法だが、ダグラスにはこういう接触が合うと思う。

正にダグラスのカウンセラーとして、打ってつけの人物なんだよ。

彼女に任せておけば、ダグラスは立ち直る事ができるだろうと、俺は確信している。


そして俺は……。

最近、アンジェリカと二人きりでデートをする時間が取れなくて、ちょっとヤサグレ気味だったりする……。

しかしあの事件以降、ヘンリーが俺に敵対心をむき出しにしているので、ちょうど良いのかもしれない、とも思っている。ヘンリーはヤンデレ（マッドな域の）な人なので、彼女と二人で会っている姿を見て、俺への攻撃方法としてアンジェリカに危害を加えられたりしたら、困るしな。


ヘンリーはゲームの中で、「ハッピーエンドは、逆ハーレム時のみ！」とプレイヤーから言われるような人物だったりする。

シナリオ上のノーマルエンドは『男を落とす能力を認められて国に攫《さら》われ、色事要員とされる』、バッドエンドは『剝製にされて部屋に飾られる』、そしてハッピーエンドは何故か『国に攫われ閉じ込められて、その中で何時までも二人きりで過ごす』という、口がポカーンと開いてしまうようなぶっ飛んだ設定キャラだったんだ。

そんなヤンデレなヘンリーは、どうやらあの時、俺がビッチを泣かせた事で、俺を敵と認定したようだ。

今は、国を巻き込むゴタゴタが起こらないよう、絶賛対応中だったりする！　なのでスゲー忙しい。


ああ！　癒しが欲しい……。

ここら辺で少し、それぞれのルートを思い出してみるか……。


まず、ロバート。

ヤツのハッピーエンドは、『学園を卒業後、騎士団に入ったヤツを支え、幸せな新婚生活を送る』というものだ。

それ以外のエンディングを見るためには、出会った時の会話で〝騎士って野蛮なイメージがあってちょっと苦手〟という選択肢を選んでおく必要がある。そこでこの選択肢を選んでおくと、婚約破棄イベントの後に〝紳士としての振る舞いより、私を選んでくれたんですね〟という選択肢が追加され、これを選ぶ事でノーマルエンドへと進む事ができるようになるのだ。

さらに、バッドエンドを見ようと思ったら、入学して出会いイベントを起こした後三日以内に、どこで遭遇するかランダムなジェシカとロバートが一緒にいる所に遭遇するというイベントを起こし、ロバートの目の前でジェシカを貶《けな》す選択肢を選ぶ必要があるのだ。

その後も、正しい選択肢を選ばなければ簡単に好感度が上がってしまい、バッドエンドには中々辿《たど》り着けない。

ロバートルートでは、このバッドエンドを出すのが、ゲームで一番難易度が高いといわれていた。


次にヒューイ。

コイツのハッピーエンドは『カイルの側近となったヒューイと幸せに暮らす』、ノーマルエンドでは『カイルに見限られ小さな領地に追いやられたヒューイと、つつましくも幸せな生活を送る』、そしてバッドエンドでは『他の男との関係を疑ったヒューイに殺されてしまう』というものだ。


そして、ダグラス。

ハッピーエンドでは『死んだ婚約者の影から解放されたダグラスと幸せになる』、ノーマルエンドでは『死んだ婚約者の〝身代わり〟となり、苦悩の末に別れる』、バッドエンドでは『死んだ婚約者とビッチの間で揺れる気持ちを抱えきれなくなったダグラスは、ビッチを道連れにして自ら命を絶ってしまう』というものだ。


ブラッドの場合。

ハッピーエンドでは『鬼畜なブラッドに時々〝お仕置き〟されながらも、幸せに学園生活を過ごし、卒業後は結婚する』、ノーマルエンドでは『ママゴトのような交際を続け、その先は〝皆様の想像にお任せします〟というような終わり方をする』、バッドエンドでは『鬼畜なブラッドの〝お仕置き〟で、心を壊してしまう』というものだ。

最後に、ジャッキー。

ハッピーエンドでは『この国に残って王宮で働く事になったジャッキーと結婚して、幸せに暮らす』、ノーマルエンドでは『ジャッキーの国に一緒に戻り、公爵家が用意した小さな領地でつつましくも幸せに過ごす』、バッドエンドでは『二人で駆け落ちし、流浪の生活を送る』というものだった。


……え、俺のルート？　そんなの、知りたいか??

まあ、一応書いておこうか？

ハッピーエンドでは『アンジェリカと婚約を解消した俺と結婚して、王妃となる』、ノーマルエンドでは『アンジェリカが正妃となっている俺の側室となり、それなりに幸せな生活を送る』、バッドエンドでは『俺の側室として王宮の奥深くで軟禁され、飼い殺しのような一生を送る』という中々腐った内容だ。

俺としては、どのルートも受け入れたくないものだ。


まぁ、各ルートのエンディングは、大体こんな感じだ。

この俺以外の各種エンディングと、全ての攻略対象とのフラグを折る事で発生するトゥルーエンドを見る事で、隠しキャラである俺――カイル――のルートが解放され、カイルルートの全てのエンディングを見る事で、初めて逆ハーレムルートが解放される。

逆ハーレムルートのエンディングは、残念ながら攻略途中で最後まで見ていないので説明はできないが、俺的には知りたくもない話なので、どうでも良いだろう。

そして、現状と各ルートを照らし合わせて考えてみると、なんだかその裏にある事情を色々考えてしまう……。

例えば、ダグラスのルートのバッドエンドで考えてみると、あのままダグラスの精神を蝕《むしば》み続けていたら、確実に彼は自分でその命を絶っていたような気がする。

現状は俺を除いた逆ハーレムを形成しているが、ロバートとダグラスが抜けた後、ハーレムのバランスが崩れるはずだ。そうなると、何がトリガーとなって個人ルートに入るかわからなくなってしまっている。

それに、他の攻略対象との関係も、良くてノーマルエンド、少しでも選択を誤ればバッドエンド一直線って感じじゃないか……。

ヘンリー以外の、それぞれのエンディングは、この国に関わっているものもあるんだし、引き続き、ビッチの動向には目を光らせておく必要があるようだな……。


忙しく過ぎていく日々の中、俺は今日も〝アンジェリカ分〟が足りないと嘆きながら執務をこなし、ダグラスの様子を窺い、ヘンリーを華麗にスルーしている。

なので夕食時には、疲れてグッタリとなり『残業続きのサラリーマン』のような有様になってしまっていた。

それでも、なんとか気力で平静を装い、ルイスとダグラスとの三人で夕食を摂り、部屋に戻るダグラスを食堂から見送る。

「カイル、ちょっといいかな？」

やっと一日が終わったと肩の力を抜き、部屋に帰ってダラダラしようと思っていた俺に、ルイスが黒い笑顔で話しかけてきた。こんな笑顔の時のルイスには、絶対に逆らっちゃいけない。

それに、話の内容にも心当たりがあったりするし。


たぶん、ビッチの話かな？

なら、もうひと頑張りしますか！


「じゃあ、俺の部屋で食後のお茶でもするか？」

そう応じて、二人で俺の部屋へ向かう事にした。

そんな食堂から立ち去ろうとする俺たちを、蛇が獲物を狙うような目で見ている人物がいた。

勿論、ヘンリー王子なワケだが……。

あのいかにも何か企んでいますって顔……。どうしようかな。

まぁ、アンジェリカたちに影響がないならば、それで良いんだけどね……。

「あの王子、何を企んでいるんだろうね？　まぁ、僕たちの宝物に何もしないのであれば、何を企んでても別に良いんだけどねぇ」

ルイスは、俺が考えていたのと全く同じ事を言い、「君の意見も同じでしょ？」てな感じで、俺に笑顔を向けてくる。

なので、

「宝物は守られてこその宝なんだし、それをどうやって守るか考えるのも、一つの楽しみなんだぞ?」

「だから、一緒に対策を練らないか?」と、お誘いしてみる。

「そうだね、手を出した人間へ対する最凶のセキュリティーを考えるのも、楽しそうだよね」

俺のお誘いに、ルイスは快く、楽しそうな真っ黒な笑顔でOKしてくれた。

部屋に戻るとお茶の準備は既に整っていた。ルイスに席を勧め、自分もその向かいに座る。俺たちが席に着くと、いつの間にかテーブルサイドにいたダニエルが紅茶を淹れてくれた。

ダニエルはお茶を淹れると、再び空気のように存在感を消してしまう。


俺は紅茶を飲みながら、「ホントは食後には、緑茶が飲みたいんだよなぁ」なんてボンヤリと考えていた。

「気がつかず、申し訳ありません」

先ほど存在感を消したばかりのダニエルが、再びテーブルサイドに現れた。

その手に持っているのは、急須。

さらに、そっと俺とルイスの前に魚の種類が漢字で書かれた湯飲みが置かれた。事前に温められていた湯飲みに、急須からお茶を注いでくれる。

ダニエルってば、マジエスパー。

しかも、この湯飲みのチョイスが堪らない。一体どこで手に入れたんだ? この湯飲み。

色々と突っ込みたいのだが、今日の俺はとてもお疲れだ。

だから、今日の所はスルーしておいてやろう！　ありがたく思うんだな、ダニエル！

俺は椅子に深く腰掛けて、久しぶりの緑茶を堪能する。この世界で緑茶を楽しめるとは思ってなかっただけに、その分感動もデカイ。

日本にいた時は、夕食の後は必ずほうじ茶か煎茶を飲んでいた。別に特別な拘《こだわ》りがある訳じゃないから、手順を踏んだ淹れ方なんてせず、急須に適当にお茶っ葉を入れてヤカンで沸かしたお湯を入れるってだけのものだったが。

「ふぅ……。やっぱり食後には緑茶だよな」

疲れた身体に、緑茶が染み渡るような気がするな。

俺は、幸せ気分で満足のため息をついた。

俺の向かいでは、ルイスが不思議そうな表情で、恐る恐る初めて飲むお茶を啜っていた。飲んでみると意外と口に合ったのか、嬉しそうに微笑んでいる。

「初めて飲むお茶だけど、中々良いね。今の気分にピッタリ合う気がするよ」

イケメンな外国人が魚湯飲みでお茶を飲んでいる姿って、なんかシュールだよな。

……あっ、俺も今はイケメン外国人だったんだっけ？

緑茶で一息ついた後、まずは、ビッチの新情報について話し合う事になった。

ダニエルの報告によると、ビッチのあの性格形成には母親が大きく影響しているらしい、という事がわかった。

ビッチの母親は、所謂『高級娼婦《しょうふ》』というやつで、しかも簡単には身を許してくれない、落とせた男はそれだけでステータスってほどの有名人だったらしい。

その女性が現役の頃は、彼女を落とすため、色々な男たちが彼女を取り巻いたようだ。熱く愛を語り、色々な物を貢ぎ……。皆が必死で彼女の気を惹こうとした。

そんな沢山の男の中から、彼女に選ばれた者だけが彼女に触れる事を許される。

顔を見られたら幸せ、会って話ができれば幸運、一夜を共にできれば果報者。そんな風にいわれていたらしい。


そんな彼女と一夜を共に過ごした、数少ない果報者。その中の一人が、ローン男爵だった訳だ。

しかし、彼女の母は失敗したのか、意図的だったのかはわからないが、ビッチを妊娠してしまった。その後ローン男爵に身請けされ、側女として迎えられる事となったのだ。

色々な事を考えれば、ビッチはローン男爵の子供ではない可能性もある。しかし、ローン男爵は、これをチャンスとビッチの母親を手に入れたのだろう。

だからローン男爵は、妻の嫉妬と言い訳して他の男たちから隠すために、離れた場所にある別荘に彼女を囲った。

しかし、そこでも彼女の母は男たちを翻弄していた。

何をする訳でもなく、ただただそこに存在するだけ。決して最後の一線を越える事もなく、微笑むだけで男たちを傅《かしず》かせ、思いのままに操る。いや、男たちが勝手に動いてしまうのだろう。

別荘の中からは殆ど顔すらも出さないが、連日別荘には男たちからの貢物が溢れ、彼女の気を惹くために、ビッチにも傳いていたようだ。

そんな光景を目の当たりにして育ったビッチは、それが普通の事なんだと認識していたのだろう。母譲りの、しかし彼女より劣化した才能で、男たちを陥落させ始めたのだ。

ただ、ビッチと彼女の母の大きな違いは、頭の出来だった。

母親は大きな問題にならないようにと上手く立ち回るが、ビッチは本能だけで動いているので、それができない。結果、いくつもの問題を起こして今に至るのだ。


俺とルイスはこの報告を聞いて、ゲッソリとした。

そんな危険な特技を持つ娼婦がいた事にも驚きだが、劣化しているとはいえ、危険な才能だけ（それに釣り合う頭脳があれば……）しか受け継がなかったビッチが、野放しになっている現状。

学園でのビッチの影響を考えれば、下手をすれば国がひっくり返る事だってありえるぞ……。

今の内に何か手を打っておかなければ、その内取り返しのつかない問題が起こりそうだ。ってか、もう起こっているか……。


こうして考えてみると、カイルルートのバッドエンドで『側室にして王宮で軟禁』って、実は、国を混乱させる可能性のあるビッチを、王宮で見張っていたって事だったんじゃないかと思えてくる。

ゲームの中では、その辺りの詳しい説明がなかったのでわからなかったが、『中の人』となってみると、その辺りの事情が薄っすらとわかってしまう気がするのだ。

「なんか……もうさ。隣国のヘンリー王子に、お土産として持たせてあげようよ、あの子。あの人に持ち帰らせたら、二度と表の世界に関わってくる事もないでしょ」

「ホント……、それが一番の方法に思えるよな？」

俺たちは瞳を合わせ、「ハハハ」と乾いた笑いを零したのだった。


ダニエルからの情報提供の後はルイスの報告なのだが……。


「もうさあ、その時のジェシカの恥ずかしそうな顔が可愛くてさ、ついつい虐めたくなっちゃうんだよねえ」

デレデレな表情で、ジェシカと二人でビッチの噂を調べた時の様子を話し始める。

「こうやって少しずつ距離を縮めていって、早くロバートより僕の事を好きになってもらうつもりなんだ……。そして、彼女が学園を卒業する頃までに、婚約できれば良いと思っているんだ」

「なんだ、ずいぶんと気の長い計画だな？　邪魔者がいなくなったんだから、さっさと手に入れれば良いじゃないか」

「僕は、彼女の心を一番優先したいんだ……。ローリング家には話を通しているんだし、今まで一〇年以上もこの状況を待っていたんだから、後数年ぐらい、いくらでも待てるよ……」

「ルイス、お前……」

優しい眼差しでそう語るルイスは、ホントに男前だ。

この状況で、一〇年越しの想い人が自分の腕の中に落ちてくるのをのんびり待つなんて、なんて気の長い男なんだ……。

俺は、ルイスの『愛』に感動していたのだが、次の瞬間、奴はニヤリと悪い笑みを浮かべて俺を見

ると、

「でも、早くイチャイチャしたいから、全力で口説いてはいるよ？　獲物は追い詰めるだけじゃダメなんだよ？　常に逃げ道を見せてあげながら、ジワジワと囲い込まなくちゃ、ね？」

なんてぬかしやがった！

前言撤回！　俺の感動を返せ‼

そして、ジェシカ。逃げて！　全力で逃げて‼

魔王様が、猟犬の瞳で狙ってるよ⁉

しかし、ルイスの事だ。きっと上手くいくのだろう。

そして、ジェシカにとっても、それが一番の幸せに繋がるのだと思う。

傷ついたジェシカが癒され、親友の長年の恋が成就しそうな訳だから、いい事だとは思ってるよ？

でも、俺は忙しくてアンジェリカとデートもできてない訳で……。毎日毎日ヘロヘロになるほどに疲れて……。

仕方ないとは思うよ？　これも俺の仕事だしな、わかってる。

ここは、親友の幸せを祝ってやる所だよな……。

ルイス、おめでとう！

そして、……爆《は》ぜろ‼

その後も散々惚気《のろけ》を聞かされた後、ビッチの学園内での情報を報告してくれたのだが、その中に気になる事があった。

「なんかさ、時々フッと虚ろな目をしたかと思ったら、突然場所を移動するんだよね。そしたらその場所にヘンリーやジャッキー、ヒューイ、ブラッドがいるんだよ。まるでそこにいるのを知ってるみたいに行動するから、見ててチョット怖かったよ。『お告げ通りだわ！』なんて痛い事も言ってるしさ。でも、誰もいない場所にいく事もあって、その時は不思議そうに首を傾げて『最近お告げが外れる事多いな』って」


……これって……、どう考えたら良いんだ？


ずっと、もしかしたらあいつも転生キャラじゃないかと、心のどこかで疑っていた。

でも、あいつの行動は何かの『お告げ』によるものだという。

ゲーム補正かとも思ったが、それなら誰もいない場所に導かれる事なんて、まずないだろう。

本当に、どういう事なんだろうか？

予想がつかない事に不安を感じる。これでは対策が立てられない。

じっとりとした不安に眉を顰《ひそ》めていると、そっと肩に手が置かれた。

見なくてもわかる。ダニエルだ。

見上げると、ダニエルは何も言わずに微笑んでいた。それを見ると、なんだか落ち着いてくる。

何があっても、こちらにはエスパーダニエルが付いているんだ。そう思うだけで、根拠のない安心感が湧いてきた。

ビッチの情報を知らない時は、わかっている事だけで対応してたんだ。マズイ対応もあったのかもしれないが、なんとかなっていた。

それに今は、俺一人で対応しなければならない訳じゃない。皆、力を貸してくれているのだ。

そう考えれば、どうとでもなる気がした。


一通り情報を交換した後、取り敢えず今後の方針として、ビッチの観察は続行する事に決めた。

そして、もう一人観察対象を増やす事になったのだが、それは……。

攻略対象の一人、鬼畜眼鏡担当のブラッドだ。


こいつ、どうも妙な動きをしてるようなんだよ。

ジェシカのいる前で、ビッチにロバートの話を振って嫉妬を煽《あお》るような発言をさせたり、エイプリルの目の前でビッチとヒューイがイチャつくように誘導したり。

そして、そんなビッチにアンジェリカが嫌味を言いにいくと、その姿を変な目つきで見ていたらしい。

今日なんかは、ルイスと一緒にいるジェシカの所へ近寄ってきて、「ロバートは今頃何をしてるのかな?」なんて聞いてきたそうだ。学園中の生徒が、あの騒動で二人が婚約解消したと知っているのに、だ。

普通なら、そんな事を聞いてくるなど考えられない。

しかもブラッドは、マナーの教師だ。そんな常識からずれた行動を、生徒に仕掛けてくる理由がわからん。

しかもその時は、隣で静かに怒り狂っているルイスの様子を見て、不気味に微笑んでいたらしいんだよ。

さらには、ヘンリーのビッチに対する独占欲を煽っているらしい。

なんでも、ヘンリーとビッチが楽しそうに話している所に割って入り、ビッチに必要以上のスキンシップを図ったり、ビッチに群がっている他の生徒や攻略対象をあてがったり。

そういう事をして、ビッチがオロオロし始めたりすると、楽しそうに微笑んでいるそうだ。

……何がしたいのか、全くわからん。

ゲームでのブラッドの設定は「表の顔は人当たりの良い、怜悧《れいり》なイケメンのマナー担当の教師。裏の顔は鬼畜眼鏡」っていうヤツだった。

銀髪・銀眼で細身のフレーム眼鏡をかけて、気弱そうな穏やかな笑顔で授業を行うスチールに妹が悶えていたのを覚えている。

攻略が進むと『鬼畜眼鏡』の本領を発揮して、主人公は甘い『お仕置き』と称したセクハラをされるようになるのだが……。

この時のスチールには、妹がとてつもなくハァハァしていて、いたたまれない気分になったのは思い出したくない記憶だ。

この世界のブラッドも、キャラクターとしてはもれなく鬼畜眼鏡なんだろう。でも、俺の知っているゲームの中では、今のようなおかしな行動を取る事はなかったはずだ。

……一体どうなっているんだ？

調べれば調べるほどに謎が増えていくこの状況に、かなり混乱してしまう。

この謎をどのように捉えて、どう対処するのが正解なんだろう……。


もういっそ、調べるの、やめようかな？


なんて考えが、一瞬頭に浮かんだ。

だがブラッドは、アンジェリカ、ジェシカ、エイプリルという女性陣にも積極的に絡んできているようだし、何かを企んでいるなら、どうにかせねばならん！

ヘンリーの動きも気になる所だし、気合を入れて対応する必要がありそうだ。

「……アンジェリカたち女性陣は、絶対に一人で行動しないように説明……いや、女性で固まっていても危険かもしれないな……」

「だよね。いくら執事が付いているとしても、彼らの行動は僕らには予想できないしねぇ……」

「だな。例えばそれが運命で、彼らにそれを変えるつもりが全くなければ、危険回避は望めないからな」

ヘンリー、ブラッドという、ゲームにおいての『変態二大巨頭』が何をするかわからない現在、彼女たちの身の安全は最優先で確保する必要がある。

『執事』はその能力ゆえ、学園内では護衛も兼ねているが、彼らには『領分』というものがあるらしく、それに反する事は絶対ない。

ゆえに危機が訪れた時、それが揺るがしようのない運命だと判断されれば、執事がそこに介入する事はないのだ。なので、彼女たちの安全確保について、執事に全面的に頼りきってしまう事はできない。

能力の高い執事は、他の執事と比べて見える運命の種類が増えるらしく、『領分』も広がるといわれている。だから、執事としての行動そのものが違ってくる。

運命に、積極的に関わってくるのだ。

そのため、能力の高い執事は大人気なんだよ。

でも、主人を選ぶ権利は執事にあるため、どんなに権力やお金を持っていても、能力の高い執事を手に入れられるとは限らないのだ。

俺のように、歴代最優秀といわれる執事を得るのは、ホントに幸運な事なんだ。

ダニエルクラスの能力があれば、安心して危険回避を託す事ができるのだが、残念ながら彼女たちの執事には任せられない。

そして、執事は自分の主人以外の運命を視る事をしない。だから、ダニエルにアンジェリカたちの護衛を任せる事はできないんだ。

そんな事をすれば、アンジェリカたちの執事を侮辱する事になる。他の執事の領域に介入するという事は、『お前は仕事ができない執事だ』と言っているようなものなのだ。

なので、この件でダニエルを頼る事はできない。

それなら……。俺たちが守るしかないよな？

「……。明日からは、朝から晩まで六人で行動するようにしよう」

「取り敢えず、それが一番確実かもしれないね……」

二人で顔を見合わせ、ゲッソリしながら明日からの予定を決めた。その後は、ダニエルが淹れ直してくれた緑茶を啜り、二人で大きく息を吐く。

俺たちは、対策らしい対策を立てる事もできず、グッタリとした気分でこの日の会合を終えたのだった……。

ダニエル

わたくしは、カイル殿下専属の執事をしているダニエルと申します。

カイル殿下の専属になってからはまだ三年ほどですが、それ以前より王家には仕えていましたので、殿下の事は、勿論幼少の頃から知っています。

本日は、殿下の事を語ろうと思っているのですが、その前に、まず執事というものを皆様に説明したいと思っております。

この世界で、執事という職はある特殊な種族しかつく事ができません。

その種族とは、魔族。

魔力を持つ人型種族の事を魔族と呼ぶのですが、その中でも『魔力を持ち、魔術が使える、健全な精神を持つ者』のみが、執事となる権利を与えられるのです。

我々は、執事の資格が自分にあるのかを知るため、専門の学校で幼少の頃より学びます。適性のないものは次々とふるい落とされていき、魔族の中でもほんの一握りだけが執事となる事を許されるのです。

学校で学ぶ際、執事には厳しく『領分』というものが教えられます。これは、世界の理《ことわり》や運命を、己の欲望や人の希望で簡単に変えてしまわないための大事な教えです。

我々が能力に任せて動くと、簡単に世界を変えてしまいますのでね。

我々は、日常生活におけるアレコレや、各種作法についてなど、ありとあらゆる教育を施され、その中で運命や理について学び、『それぞれの領分』を理解していくのです。

『世界の理』とはとても複雑なものであり、仕える主によっては、これに逆らったり立ち向かう事を運命づけられた者もいます。そんな時も、執事は自分の『領分』を護りながら、主に仕える必要があるのです。

ですので、領分を弁えて主人のために働く事は、『理』の中で動くよりもずっと難しくなります。

先達から、沢山の経験話を聞いたり、見えた未来の真実を読み解く練習をしながら、少しずつ『領分』を摑んでいきます。

そうして、真に『領分』を理解したと、魔族が至宝と崇める石に認められた者だけが、洗礼の間と呼ばれる空間で資格を与えられ、やっと執事となれるのです。

たとえ石に認められたとしても、洗礼を受けられなかった者もいるらしいので、年間で執事となれる人数は両手で余るほどしかいません。

石に認められ、洗礼を受けるまでは学校から卒業できませんが、認められさえすれば、学んできた年数や年齢は関係なく卒業できるのも、執事の特徴でしょうか？

魔族自体、人間に比べるとかなり長寿ですので、学ぶ期間の長さには拘りません。執事と認められる事こそが栄誉であり、その後の人生にこそ、意味あるものなのです。


そして洗礼を受け執事となった後は、協会に登録し、持っている力に合わせて執事としての階級が決められます。

この階級は、執事となった後も能力に応じて変更されるのですが、階級が変更になった執事というものを、わたくしはまだ見た事がありません。

この先長い人生の中で、一度くらいは目にする機会があるのでしょうか……？


さて、執事となった後の事ですが。

我々の配属先は、協会に契約依頼が来ている中から選ぶ事になっています。この際、階級の高い者から順番に、自分の希望を選ぶ事ができるのです。

そのため、依頼を出していても、何年も執事が配属されない事なども、多々あります。

なので、身分の上下を問わず、幾人もの執事を抱える家もあれば、子供の専属を作れないほどのギリギリな人数の執事しか持たない家もあるのです。

そういう家は逆に言うと、執事がそれだけ必要ないのです。没落しても良いような家であり、重要性も低いと配属先を選ぶ執事たちが判断しているのです。

全ての選択権は、執事が持っているのですよ。なので、執事が主家を見限って協会に戻ってくる事なども、よくある事です。


我々の寿命は長いので、仕えていた主人が死んだ後も、その家に長く仕えるのですが、仕える価値がなくなる事がそれだけ多いという事なのです。

我々は、依頼書を手に持っただけで、その後の依頼主と自分の未来が漠然と見えるという、能力を持っています。その未来は確定ではありませんが、かなりの確率でその通りか、それに近い状態になるので、選ぶ際にはかなり参考になります。

しかも、持っている力が強ければわかる未来の精度も上がりますし、幾通りかある可能性も見えてしまうのですよ。

ただ、やはり未来は不確定要素も多く含まれるので、何百年先まで見渡せるという事ではありません。

それに関してだけは、どれだけ強い能力を持っていても変わらないのです。

わたくしは、歴代最高の評価を頂いて執事の資格を手にしたのですが、配属先を選ぶ際に奇妙な事に気づきました。

ある国から出ている依頼書の全てで、未来が判然としないのです。

これは、未来に関して不確定要素となるものが、その国にあるという事です。

何が不確定要素となっているのか。

それを知りたくて、わたくしはその国の依頼書を全て集めてみました。

すると、王家からの依頼書のみ、未来が全く見えなかったのです。きっと、ここに不確定要素があるのでしょう。

それを見つけた時、わたくしはまるで子供のように、とてもワクワクしてしまったのですよ。

そんなワケでわたくしは、王家を配属先に選んだのです。


では、本題の王家について語りましょうか……。

カイル殿下には公式発表として、二つ下にアベル王子、三つ下にリリス王女の二人の弟妹がいらっしゃいます。

アベル様はとても純粋な方で、騙されやすいところがあり、さらに打たれ弱いところがございます。

なので、国の中枢を担う事は精神的に考えても、まず無理であろうと思っております。

リリス様は物怖じしない性格で腹芸も得意ですし、大局を見据える目も持っています。なので、三人の中では一番、王としての素質は高そうなのですが、男性の趣味が……その、あまり宜しくないので（破滅型の男性を好む傾向があるようです）、国を任せる事はできないでしょう。

カイル様は、正に努力の人でした。子供の頃から良い王になろうと、様々な分野を学び、不安や重圧にも必死で耐えていらっしゃったのを覚えています。

それは、とても素晴らしい事だとは思うのですが、正直わたくしは、カイル様の事をあまり面白みのない、つまらない方だと思っておりました。

イメージ的には、ただの優秀な子供。一緒にいても、楽しめる要素を見出せなかったのです。

なので、三年前に専属の提案をされた際も、最初は断るつもりだったのです。


しかし、わたくしの勘が、彼の専属になるようにと告げてきましたので、取り敢えず専属になってみる事にしました。

魔族の人生は長いので、勘に頼って戯れに流されてみるのもまた一興、と思ったのですよ。それに、何時でも契約を切る事はできますし、ね。


しかし今となっては、あの時のわたくしを褒めたいと、心から思っています。


最近までのカイル様には、やっぱり面白みは何もありませんでした。

公爵家のルイス様やアンジェリカ様に仕える方が、色々と楽しめそうなほどだったのです。

なのに、そんな状況が変化したのは、今年の入学式前日に食堂でカイル様が倒れた後からでしょうか。

あの時から、カイル様の人格が入れ替わった……いえ、混ざったのでしょうか？

元の真面目で努力家で情の厚い所はそのままに、観察力と判断力が格段に上がったような気がします。さらに、なんでも一人で抱え込んでいた所も、使える人材を最適な状況で使う事を考え、自分に余裕を持たせ始めたのです。私の事も、上手く使い始めたのではないでしょうか？

まあその分性格は少し悪くなったような気がしますが、そこも殿下の魅力をさらに引き上げただけのような気がします。

飄々《ひょうひょう》とした態度と華やかな笑顔の下、心の中では、驚くような罵声を相手にぶつけていたり、常に突っ込んでいたりと、お可愛らしい様子を常時見せるようになりました。

性格が悪くなったと言いましても、その程度の年齢相応の可愛らしいものですし、これからの殿下を良い方向へと導くものなのでしょう。

今のカイル様は、わたくしが『殿下』と呼ぶに値する方になってきました。

わたくしには、殿下が何を考えているのかがある程度伝わってきますので、思わず笑ってしまいそうになるのをこらえる事に苦労しております。


本当にあの方は……。


今ならばわかります。この国の『不確定要素』は、カイル殿下であったのだと。

「近々、資質不足の側近を入れ替えて、各名門貴族の跡取り問題発生ってな事になると思うから、そのつもりで対応しておいて欲しい。それから一五日後くらいには、ロバートとジェシカが婚約解消するのだが、その影響で、その後、隣国のヘンリーと軋轢《あつれき》が発生する可能性がある。ヘンリーには、どうにか帰国してもらうつもりではいる。だから、大丈夫だと思うが、関係各所に伝えて国際問題が起きないよう、準備を進めておいてくれ」

カイル様がカイル殿下になってから、そう間を置かずに告げられた言葉……。

まるで、神から国への宣告を受けたかのようでした。

どんな問題が起こり、カイル殿下がそれにどう対応して、どのように成長していくのか……。

これから起こる出来事と、それによる若者たちの成長。それに思いを馳《は》せると、自然と頬が緩み、笑みが浮かんでしまうのです。

本当に今のカイル殿下は、わたくしを楽しませる天才だと思います。

あの時にわたくしは、カイル殿下にこの先も誠心誠意仕える事を誓ったのですよ。

人に仕えるのをこんなに楽しいと思った事は、初めてなのです。

7 ビッチの秘密

〝婚約破棄騒動〟の翌日からは、講義以外は常に六人で行動するようになり、常時、奴らの動向を窺っているのだが……。

ブラッド……、マジで気持ち悪い。

観察していてわかったんだがコイツ、ビッチの行動を巧みに誘導して、こちらの癇に障るような行動をわざとさせているんだ。

そして、俺たちの反応をチラチラと盗み見て、楽しんでいやがる……。

そう！　愉しんでいるのだ‼

その表情には、何時もの気弱そうな穏やかな微笑みを浮かべている。だが、眼鏡の下の瞳に、暗い愉悦が見えているんだよ！

あれは正にドSの顔。いや、変質者か？

わざわざ人を使って嫌がらせを仕掛けてきて、不快感を表情に乗せる俺たちの反応を見て、興奮しているようなんだ。ウットリとした瞳でこちらを見つめているブラッドは、スッゲェ不気味だ。

さらに、自分がビッチを誘導して他の男とイチャつかせているにもかかわらず、もの凄い嫉妬丸出しの顔でその様子を見ているし……。

ひょっとして……、ドMの属性もあるのか……？

その上、それに気づいてしまってドン引いている俺とルイスにも、嗜虐的《しぎゃくてき》な瞳を向けてくるのだ！　こちらを見るヤツの眼鏡が不気味に光って見えたのは、絶対に気のせいなんかじゃない！

あれは絶対、獲物を見つけた肉食獣の瞳だ。

マジで怖い。

思わず尻を隠してしまうような怖さが、その瞳の色にはあったのだ。

もしかして……、最も危険なのは俺たち二人なのかもしれない……。

数日観察を続けていたら、時々ビッチの様子がおかしくなっている事に、気づいた。

それは数分だったり、数十分だったりと、ハッキリしない上、短時間なのだが、どうも人格が変わっているように感じるんだよな。

そして、その人格が変わった時を狙って、ブラッドはビッチの反応を楽しむように色々と仕掛け、ビッチもその思惑にまんまとハマっているように見えるのだ。

以前ルイスから報告があった、『オロオロするビッチ』ってやつ。話を聞いた時には「誰の話だよ？」と、信じられなかったのだが、人格が変わっているらしい時は、ホントにいつもオロオロしている。

本人は周囲に悟られないように、必死で平静を装っているようなのだが、かなりバレバレだ。

あれに気づかないのは、今のハーレムメンバーではヒューイくらいじゃないのか？　いや、案外へンリーも気づいていないのかもしれない。

二人の態度が全く変化しないのが、その証拠だと思う。

ジャッキーは……。存在が空気すぎて、何をしているのかすらも全くわからない。

ビッチのその変化は、日ごとに長くなってきているようだった。そして、俺が気づいてから五日くらい経った頃には、完全に人格が入れ替わってしまったように見えた。

周囲に気づかれないように注意しているのか、行動の変化はあまり大きくないのだが、宇宙人が人間に変化した感じで、知性が感じられるようになってきた、とでもいうのだろうか……。

表面上は、ブラッドの誘導に乗ってみせたり、他のメンツとイチャついたりしているが、極力ヘンリーやブラッドの気持ちを逆撫でしないように、気をつけているのがわかる。

彼らに向ける笑顔も時々引き攣っているし、ヘンリーやブラッドが執着心を見せたりすれば、涙ぐんでいたりなんかする。

ここでさらに謎が追加されるとか……一体、どうなっているんだ？

俺のキャパはもういっぱいいっぱいなんだが。

この先、どうなるっていうんだ？

ヘンリーが俺に接触してきたのは、ビッチの人格が完全に変化したと感じた二日後、いつものように六人で、仲良くカフェテリアで過ごしている時だった。

「カイル殿、少しあなたと話したい事があるのですが、時間を作って頂く事はできませんか？」

奴はニヤニヤと嫌な笑みを浮かべながら、俺たち六人の元へ近づいてくる。

その様子はいかにも、「色々企んでますが、何か？」といった感じで、小物臭がハンパない。王子のくせに小物臭が漂っているとか、こんな王族が治めている隣国は、色々な意味で大丈夫なのかと、本気で心配になってくるよな。

ここは肩の一つでもすくめてみせて「怪しい人には、飴をあげると言われてもついていくなって、ママから言われているんだ」とか、ウィットにとんだ感じで断りたい！

でも、向こうの方で、鬼畜眼鏡が愉しそうに笑っているのが怖くて、下手な事が言えないんだよ‼


あれ、絶対に裏で糸を引いてるの、あいつだろ⁉


ヘンリーに仕えている執事が、自分の主人に対するように、ブラッドに紅茶の給仕をしているように見えるのも、なんだか意味ありげで不気味だし！　主の友人（？）に給仕するのは普通だけど、その後背後で控えて立っているとか、ありえないし‼

なんで他人の執事を、当たり前みたいに使っているんだよ？

「最近は、周囲がゴタゴタしているので、僕たち別行動をしないようにしているんですよ。六人全員でお話を伺っても良いのであれば、場所を移動しましょうか？」

俺がブラッドに対して、若干怯えている事に気づいているルイスが、（彼も同じ恐怖を感じたらしい）俺の代わりに笑顔で対応してくれる。

俺はワザと機嫌の悪そうな顔で、チラリとヘンリーに視線をやり、すぐに興味がなさそうに顔を逸らす。

「おまえと話す事など、何もない！」という気持ちを、目いっぱい態度で表現してみたのだが、気づいてくれただろうか？

この国の皇子として、隣国の王子に対する態度ではない事は重々理解しているが、「お前らが何か企んでいるのはわかっているんだぞ！」という事を態度に出しておく事は必要だと思うんだ。

凄い顔で睨まれた事もある訳だしね。

「別に皆さんでいらしてもらっても、こちらは一向に構いませんよ。私は、カイル皇子とゆっくり話せる時間が欲しいだけなので、ね」

ルイスからの遠回しなお断りにも、俺のあからさまな態度にも気づかないふりをして、ヘンリーは食い下がってくる。

その様子に俺たちが渋い顔をしていると、ふと何かを思い出したような表情をして、ビッチに向かって大きな声で話しかけ始めた。

「……ねえ、ミシェル！　キミ、皇子とゆっくり話してみたかったんだろう？　いつも『素敵だ、素敵だ』って騒いでいたものね？　……そういえば……、最近は言わなくなったかな？」

「……そう、……ね！　す、素敵‼　カイル様とお話ができるなんて……！」

「ほら、ミシェルもああ言っているし。この間の騒動に関する事も、話したいんだよ」

ヘンリーは企み顔で、向こうにいるビッチに向かって笑いかける。突然話を振られたビッチは、呆《あっ》気《け》に取られていた表情を無理やりはしゃいだものに変え、喜んでみせた。

ヘンリーはそんなビッチの反応に便乗するように、さらに食い下がってくる。

でも、俺たちには話す事などないし、ヘンリーやブラッドといった変態に、近づきたくもない。
どうやって断ろうかと、ヘンリーに向けていた視線をビッチたちの方へ向けると……。

ビッチ、お前……思いっきり顔が引き攣ってるぞ？
キャラも作りきれてないし……。

そして、そんなビッチを見るヘンリーの瞳には、危ない色が見えているし、ブラッドの瞳には……。

俺は、何も、見なかった‼

何アレ！　下手なホラーハウスより恐怖なんですけど⁉
恐怖の種類は違うけどな‼

そっと視線を奴らから外しこちら陣営を見ると、ルイス、アンジェリカ、エイプリルの表情も引き攣っているように見える。
ダグラスとジェシカは、そんな俺たちを不思議そうに見つめていた。

……やっぱ、鈍感と天然は、最強なんだな……。
こんな時は、鈍感になりたいと思うよ……。

いや、マジで。

さて、どうやって断れば、この場をうまく切り抜けられるだろうか？

「カイル様、確か今日中に確認しておく必要のある書類が、数枚あったはずですわ。今日はそちらを優先された方が宜しいかと存じますけど？」

俺が悩んでいると、アンジェリカが助け舟を出してくれた‼

ありがとう、アンジェリカ！　俺はその舟に、全力でしがみつかせてもらうよ‼

「そうだったね。……という訳で、申し訳ないのですが、あなたの話は後日改めて聞かせて頂くという事で、宜しいですか？」

「そういう事なら仕方ありませんねぇ」

俺は立ち上がり、何時もの笑顔をヘンリーに向ける。ヘンリーは、含みのある笑みのままこちらを見ていたが、それ以上食い下がってくる事はなかった。

「それから、あなたのお話がロバートに関する事だというのなら、私に話せる事は何もありません。彼の事は、レッドフォード家と皇国の問題ですので、他人……ましてや他国の方に安易に話せる事では、ないのですよ」

奴らは、やたらとロバートの件でこちらに絡んでくるので、「お前らに話す事など何もない！」と宣言しておく事も忘れない。

言いたい事は言ったので、皆を立たせてさっさとこの場を離れる事にした。

「じゃあ、執務室に戻ろうか」

そう声をかけると、奴らの方を見る事もなく、俺たちは足早にその恐怖スポットを後にしたのだった……。

断じて逃げ出した訳ではない！　これは、戦略的撤退なのである‼

繰り返して言うが！　戦略的撤退なんだ‼

執務室に避難した俺たちは、夕食の時間になるまでグッタリとした気分で過ごしていた。精神的疲労がハンパなかったんだよ。

ダニエルの淹れてくれるお茶にも、誰も手をつけられないような有様だ。

……いや、違うな。ダグラスとジェシカはお茶を楽しんでいる……。やっぱり、鈍感と天然は強い、という事か。

俺たちとは精神の造りが違うのだろう。

でも……。二人は元々、『鈍感』でも『天然』でもなかったはずだ。なのに、どうしてこんな風になったんだ？

考えられる理由としては、傷ついた心を守るために、これ以上傷つけられないようにと、わざと感覚を鈍らせているのかもしれない。人の心の自助作用というものなのだろう。

そうして数時間を執務室で過ごした後、女性たちを寮に送り届け、くれぐれも一人で行動する事のないように言い聞かせてから別れた。

夕食はルイスとダグラスと三人で摂り、その後はいつものようにルイスと二人で、俺の部屋で食後のティータイムだ。

優秀なダニエルは、今日もしっかり緑茶を準備してくれていた。しかも、お茶請けには、おはぎ。素晴らしいチョイスだよ、ダニエル！

「ありがとう、ダニエル」

「当然の事でございますよ」

心から礼を伝えれば、流石の返答。

今日の緑茶は特に心に染みる。


だってさ……。

今日はマジで怖かったんだ。

変質者に感じる恐怖って、理屈じゃないんだよ、ホントに。

大きく深くため息をつくと、向かいでルイスも同じようなため息をついていた。そして、俺が視線を向けている事に気づくと、苦笑してみせる。

「あれ、どうしようか？　本音で言えば、心の底から関わりたくないんだよねぇ」

「……激しく同意する。俺も関わりたくない。でも……」

「そう、でも……なんだよな……」


ふぅ……。

二人で目を合わせ、大きなため息をついた。

大切な人に害が及ぶ可能性がある限り、『関わらない』という選択肢は選べない。

どんなに恐怖体験確定な相手であっても、立ち向かわなければならないのだ。

俺の敵になる奴らは、どうして宇宙人ばかりなんだ？

しかも今回は、狡猾《こうかつ》で人を食料にするような、人類に対する害が大きいタイプのヤツだ。

なのに、こんなヤツと戦うには、圧倒的に情報が足りないときた。

戦いにおいて、情報は最大の防具であり武器になるというのにだ。

それがわかっていても、さらに奴らの事を探る事を、ルイスにはもうさせたくないし、自分でするつもりもない。危険な事がわかっているのに、皇子である俺がそんな事をさせてもらえるはずもない。

でも、誰かにやってもらわなきゃいけない事なんだよな……。

「ダニエル……。頼んでも、良いか？」

半泣きでダニエルを呼ぶと、すぐ隣に現れ、「やれやれ」という表情をされてしまった。それでも。

「承知致しました」

優秀な執事は、主人のこんな情けない頼みも、当然の事として引き受けてくれるのだ。俺の執事がダニエルで、ホントに良かったよ！

ダニエルの返事を、息を詰めて聞いていたルイスもホッとしたように笑顔を見せ、俺たちはやっと肩の力を抜く事ができたのだった……。

そんな時、コンコンと扉をノックする音が聞こえてきた。

こんな時間に誰だ？


夕食を終えたこんな時間に、約束も先触もなくやって来るなど、普通はありえない。

先触は、それ専用の魔術具を使って侍女や従僕、執事の間で、静かに応対されるので、部屋の扉をノックする事などない。

扉をノックするという事は、直接学生か教師が部屋を訪ねてきたという事を意味する。

そんな不審な人物に、静かにダニエルが動き、対応しにいく。

暫くして戻ってきたダニエルの後ろにいたのは――


「こんな時間に、しかも突然申し訳ありません」


思い詰めた表情をしたビッチだった。

俺は、ビッチを伴って部屋に戻ってきたダニエルに、驚きの目を向けた。

ダニエルは、俺がビッチを嫌悪している事をよく知っているはずなのに……、何故？

優秀な執事ならこんな時、スムーズにお引き取りを願うはずだ。時間も時間だし、婚約者でもない女性を部屋に招き入れて良い時間じゃない。

俺の視線に気づいたダニエルが、控えめな笑顔をこちらに向けてきた。

その無言の笑顔は、ビッチの話を聞くようにと促している。


なるほど……。こいつの話は、今の俺たちに必要って事なんだな？

ダニエルには、俺たちには見えないものが見えている。ビッチがこの部屋に来た事で、近い未来に俺に関係する何かが見えて、その事は今の俺たちに重要な何かだったんだろう。

そういう事ならしかたない。

「こんな時間に、男性の部屋を女性一人で訪ねてくるなんて、何があったのかな？　……まあ、取り敢えずお茶でも飲みながらゆっくり話を聞こうか？　……ダニエル、そちらのお嬢さんの席を用意してあげてくれ」

俺の言葉を待つまでもなく、ダニエルは手早く俺とルイスが囲んでいるテーブルに、ビッチの分の席と紅茶を用意する。俺たちの飲んでいた緑茶も下げられ、新しく紅茶が用意された。

なら俺は、出血大サービスで、貼りつけた笑顔を披露してやろう。まあ、嫌味ぐらいは言わせてもらうが？　それぐらいは当然だろう。

こんな時間に突然訪ねてきやがって、おかしな噂を立てられて、アンジェリカに変な誤解をされたりしたら、一体どうしてくれるつもりなんだよ！

ルイスも俺と同じように、表面上だけはウェルカムな作り笑顔を見せているが、内心では俺と同じような事を考えているのだろう。いつにも増して、笑顔が黒い。

「あ、ありがとう……ござい……ま、す」

ビッチは俺たちの作り笑顔に気づいている様子で、気まずそうな顔をしてテーブルに着いた。チラチラとこちらを見るビッチの瞳は、怯えているのか潤んで揺れている。

どうやら、笑顔を向けている俺たち二人が、彼女を全く歓迎していない事に気づいているらしい。

ビッチは人格が変わった事で、空気を読む事ができるようになっていた。


「…………」

「…………」

「…………」

き、気まずい。

ビッチは何か言いたげにチラチラとこちらを見ているが、何も喋り出さない。

ビッチが何も言わないので、俺たちが喋り出す事もできず、自分の心臓の音が聞こえそうなくらい静かな部屋に、それぞれが紅茶を飲む音だけがやけに響く。

ビッチ！　お前、俺たちに話があるから、ここに来たんだろう？　なら、この空気をなんとかしろよ⁉

空気に耐え切れなくなった俺は、少し厳しい視線をビッチに向けてみる。

すると、ビッチは意を決したように顔を上げ、俺たちを見つめた。

「……あの……、お二人は、もしかして転生者ですか⁉」

空気に耐えられなくなり、ソワソワし始めていた俺に、とんでもない爆弾が降ってきた。

転生、やっぱり来たよこの展開！

思わず硬直しそうになるのを、意志の力で無理やり押さえつけ、なんとか訝《いぶか》しそうな表情を作ってみせる。

「転生？」

俺は「なんだそれは、訳がわからん」と言いたげに、ビッチに短く尋ねた。

ビッチなんかに、俺の秘密を握られる訳にはいかない。ルイスにもアンジェリカにも、誰にも知られるつもりはないんだ。

……ダニエルには、バレてるような気はするが、それはまぁ、ダニエルだし……な。

チラリと、ルイスの反応を確認するように視線を向けると、彼は不審そうにビッチを見ていて、俺に注意を向けている様子はない。

「え……？　違うんですか？」

俺たちの様子に、ビッチは当てが外れたようにオロオロし始めた。

「転生者じゃないのに、あのフラグ回避率ってどういう事なの？　……この世界って……、まさか違うの？　……でも、これだけ類似性があるのに……？　しかも、今の状況って、やっちゃんが言ってたアレだよね、絶対」

さらに、なんだか一人でブツブツ言い始める。どうやらビッチは、この世界が『君の為に全てを賭けて』の世界だと、確信が持てなくなってしまったようだ。

ルイスのビッチを見る目は、不審者を見るソレになっているが、俺はビッチの言葉に固まってしまった。

ビッチの言った『今の状況』って言葉に引っかかったんだ。

それは、このカオスな現状にビッチは心当たりがあるって事だろ？　つまり、俺が知らない何かを、ビッチは知っているって事だ。

あのゲームって……、色々な隠しルートでもあるのか？

「いえ、あの……、私の言った事は、忘れて下さい！　すみません！　訳のわからない事で、こんな時間に、突然押しかけてきたりなんかして‼」

「いや、それは気にしなくても良いんだよ。……それよりも、『今の状況』って言ったけど、何か知っている事があるなら教えてもらえないかな？　話によっては、力になるよ？」

ビッチは当てが外れた様子で、なんとか誤魔化して帰ろうとし始めた。なので俺は、なんとか『今の状況』について話をさせるために、協力を匂わせる。

まあ、俺だったらこんな所で転生の話なんかしないが、ビッチならどうだろうか？

「いえ、本当になんでもないんです。ただ……、お、お二人と話してみたかっただけ、なんですよ！」

わざとらしく笑いながらそう言ったビッチを見て、今の中身は、常識とそれなりの観察眼を持った人物に変わっている事を確信した。まぁ、多少迂闊な所があるのが気になるが、入れ替わる前の人格と比べれば、それくらいは見逃せる範囲だ。

それなら、こちらも態度を改めて接する必要がある。

「ダニエルがここに招き入れたという事は、たとえ君の話がどれだけ嘘くさかったとしても、今の私たちには必要な情報だと判断したって事なんだよ。だから……、どんな事でも良いから、是非、教えてくれないかな？　お願いだ……」

真剣な顔でお願いして、頭を下げた。

頭まで下げた俺を見て、ルイスもビッチもかなり驚いた顔をしている。

でもここは、重要なターニングポイントのはずだ。絶対に外す訳には、いかないんだ。

この情報を得るためなら、俺の頭で良いなら、いくらでもビッチに下げるつもりだ。

ビッチ……いや、ミシェルは暫く黙って俯き、考え込んでいたが、俺の真剣さが伝わったようで、何かを決意したように顔を上げた。

「わかりました。……今から私は、ファンタジー小説のような話をします。とても信じられないとは思いますが、少なくとも私にとってはこの話は現実として起こっている事なんです。そして今の状況は、私とあなたたちの未来に大きく影響がある事です。お二人に、私の話がどこまで理解できるかわかりません。この世界では、見た事も聞いた事もないような文化の話なので……。私も、上手く説明できる自信はないです。それでも、良いですか？」

しっかりと『理解できないだろう』と前置きをし、俺たちに確認を取ってきた。ミシェルが向けてくるその瞳は、真剣そのものであり、また、どこか縋《すが》りつくようなものでもあった。

その様子から、現状の彼女がよっぽど追い詰められているのだという事が、察せられる。

彼女が追い詰められている原因は、間違いなくヘンリーとブラッドの執着のせいだろう。彼女が転生者なら、今の状況の異常さと、詰んでいる現状を理解しているはずだからな。

「ああ、なんとか頑張るよ」

「僕も……、よくわからないけど……、頑張って理解できるよう努力するよ」

だから俺は、真剣さが伝わるようにミシェルの瞳を見据えて、しっかりと頷いてやる。ルイスも戸惑ってはいるようだが、前向きな返事をしている。

俺たちの反応で少し安心したのか、ミシェルの表情からこわばりが消えてきた。そして彼女は、気持ちを切り替えるように一度大きく息を吐いてから、徐に話し始めた。

のだが……。

その内容はとんでもないものだったのだ……。

ミシェルが話してくれたのは、かなり衝撃的な内容だった。

「つまり、乙女の妄想を追体験できる仕組みって事なんですよ！」

乙女ゲームを知らない相手に、そのシステムや内容を詳しく説明するのは、かなり大変だったようだ。ゲーム機械自体や乙女ゲームの意義などを説明するために、よくわからない例え話をふんだんに盛り込んで話してくれたのだが……。

『乙女ゲーム』というものの概念を説明するだけでも、かなり時間がかかり、大切な現況説明まで中々辿り着かない。

それに、必死で説明してくれているミシェルには悪いが、多分ルイスには、話の殆どを理解できなかっただろうと思う。ダニエルは……、どうだろうか？

『ダニエルだから』って理由だけで、全てを理解できていそうな気がしてしまうのが、不思議だ。

後、ミシェルの話からわかった事だが、彼女の中の人はどうやら、俺が事故にあった時近くにいた女子高生の一人みたいだ。あの、ゲームの話をしながら、アンジェリカをディスってた女子高生。

俺は即死だったため、すぐにカイルとしてこちらの世界で意識を持つ事ができたが、ミシェルは、一月以上生死の境を彷徨《さまよ》っていたらしい。

その状況の中、あのゲームをプレイしている夢を、時々見ていたそうだ。

それが、最近夢がリアルに感じられる事が増えてきたなぁと思っていたら、気づいたらその世界が現実になってしまっていたと。

なので、まだかなり混乱しているとも言っていた。

さらに、もう一人の女子高生の生死がどうなったのかは知らないらしいので、もしかしたら転生人が増える可能性もある訳だ。

あの時、あの場所には、かなりの人がいたのを覚えてる。ちょうど通学時間だったからな。

その辺の事も踏まえて考えると、一体どれだけの人があの事故で死んで、どれだけの人数がこの世界に転生してきたのか、想像もつかない。

ミシェルもそう思ったからこそ、俺たちを転生者だと思ったらしい。


さて、気になる現状の話なんだが……。

まず、あのゲームは三種類のハードで発売されていた。

家庭用ゲーム機二種類とパソコン版だ。全ての媒体で全年齢用ソフトとして発売されていたのだが、先行発売されていたパソコン版にだけは、追加ソフトとスピンオフソフトが三種類もあったらしい。

その追加ソフトは、全てＲ18。


一枚は全年齢用のゲームに、エロ要素とシナリオが追加された、補完版。

一枚は腐女子用で、ヒロインの働きで攻略対象たちがカップルになっていくという、誰得なのかわからない、ＢＬ版。

一枚は男性用で、鬼畜眼鏡ｏｒカイルを主人公にヒロインやライバルキャラとなる令嬢たちを、次々に喰《く》い散らかすっていう、ヤリチン版。

という、なんとも言えない内容のソフトだったらしい。

俺の妹は、家庭用ゲーム機でプレイしていたので、そんなものがある事すら、俺は知らなかった。

そして、ミシェル自身は、自分ではこれらのソフトをプレイした事はないらしく、友人の『やっちゃん』とやらがプレイして、情報を聞いていただけのようだ。しかし、結構詳しくアレコレと話してもらっていたので、シナリオの大体の流れ自体はわかるという事だった。

ただ、詳しいルートの分岐点や、ルートへの突入起点までは知らないので、自分の知っているシナリオの内容と現況を照らし合わせて、推測する事しかできないそうだ。

因みに『やっちゃん』とやらは、全てのソフトを完クリしているらしい。

そして、気になる現状なのだが。

イベント展開から考えて、鬼畜眼鏡メインのＢＬ版か、ヤリチン版のシナリオが動いている気がすると言われた。

今日のカフェテリアでの一件は、どうやらイベントだったらしいのだ。

色々とゲームとの齟齬《そご》はあったようだけど、あそこで「合流して話し合いの席を作る」という選択をしていたら、俺たちの内、誰かがブラッドに美味しく頂かれる事になっていたらしい。

恐ろしい話だろ？

「何それ？　僕たちの内誰かって……、男でもイケるって事だよね……？」

「ゲームの中では、『眼鏡が、鬼畜な両刀の優男をかけている』と、言われていたような人物だったので……」

話を聞いたルイスが、思いっきり顔を引き攣らせていた。それに答えるミシェルの返事の内容も、なんかおかしい。

それじゃあまるで、眼鏡がヤツの本体のように聞こえるぞ？

そうは思っても、突っ込まない、イヤ、突っ込めない。俺は、あまりの恐怖に声も出ないんだ。

あんまり怖いものはない俺だけど、唯一、ホモは怖い。メチャクチャ苦手だ。

理由は……。生前にチョット、トラウマがあったりするんだ。

まぁ、大学の構内でムキムキな大男に、ちょっと迫られたくらいの話なのだが……。

あの時は、本気で貞操の危機を感じたんだよなぁ……。

それにしても……。

ブラッドの視線を感じると、思わずケツを隠したくなるのは、正しい反応だったたって事なんだよな……。

そしてミシェル自身の話だが。

彼女の現在いるシナリオは、ヘンリーエンドに進んでいるような気がするらしい。しかし、鬼畜眼鏡にも狙われている気がするし、奴のターゲットが誰なのかハッキリわからなくて、混沌《こんとん》としているという事だった。

自分の身の危険を感じ、この先どうするか悩んでいた所、今日の俺たちとのカフェテラスでのやり取りを見て、そのフラグ回避の手腕から、俺たちが転生者である可能性に思い至ったそうだ。

そして、同じ危険を感じている仲間だと思い込んで、思い切って声をかけてみる事にしたらしかった。

協力してもらうなら、一刻でも早い方が良いと思って、先触を出す事に考えも及ばずに、こんな非常識な時間に訪ねてきたのだという。


それにしても……、ホントに恐ろしい話だよ。

ミシェルは、ゲームをしている時には特に何も思ってなかったのだが、転生してみたら自分がとんだビッチで、しかも詰みかけている事に愕然《がくぜん》としたという。

このままじゃ、転生↓終了、となってしまうので、なんとか挽回《ばんかい》しようと頑張っていて、だから協力して欲しいと。

気持ちはよくわかる。俺がもしビッチに転生したなら、絶望する自信があるもんな。

取り敢えず今夜は、情報のあまりに想定外な内容に頭がついていかないため、一度情報を整理する時間をもらう事にした。

なので、明後日の夜、同じ時間に俺の部屋で集まる事に決め、今夜は一旦解散する事にする。

ミシェルには、今後の方針が決まるまでは奴らとの接触は避けた方が良いだろうと、明日・明後日は講義を休んで部屋から出ないよう、そして、奴らの見舞いも断るようにとアドバイスをしておいた。

「ルイス、今日の話、理解できたか？」

「いや……、彼女が何を言っているのか、殆どわからなかったよ。……君は、どうなんだい？」

「……俺も、あんまりだな……。……お互い一度頭を整理して、明日の夜にもう一度話し合わないか？」

「そうだね。頭を整理する時間が必要だね」

ミシェルの部屋まではダニエルに送らせて、その間俺とルイスは明日、明後日の予定を決めてしまった。

さらに、

「それよりも……。大きな問題があるよ、カイル」

「ああ…」

「この事……、二人になんて説明する？　僕には、誤解されて泣かれる未来しか、見えないんだけど……」

「……俺もだよ……」

俺とルイスの二人は、アンジェリカとジェシカに、今夜ミシェルに俺の部屋で会った事と、明後日にもう一度会う事をどう伝えるかで、頭を悩ませるのだった……。

8 変態、コワイ

翌日、朝食を終えてから、俺たち二人はアンジェリカとジェシカの元へいき、素直に昨夜ミシェルに会い、奴らの情報を聞いた事と明日の夜にも会う予定である事を伝えた。

泣きそうな顔をされましたよ？

今なら軽く死ねると思った……。

俺たちはチラリとアイコンタクトを交わし、二人を芝生メインの中庭に連れていき、目は届くが声は届かない程度の場所に分かれて、それぞれに説明する事にした。

そこからは必死だった。

だって、アンジェリカに泣かれるのなんて、絶対に嫌だし、もしこれが原因で嫌われたりしたら、マジで死んでしまう……。

「アンジェリカ、俺の心は何時も君にあるんだ。俺がしたくもないこんな事に手を出すのも、どんな小さな危険からも、君を護りたいからなんだよ？」

俺は、アンジェリカの手を両手で握り、その手を額に押しつけた。

その状態で、普段、彼女には使わない『俺』という一人称を使ってしまうほど、余裕なく必死でかき口説いた。

どんなに大事に思っているか、好きなのかを言葉を飾る事もできず、ストレートに伝え続ける。

「カイル様……」

俺の必死な様子で気持ちが伝わったのか、優しく俺の名を呼ぶアンジェリカの可愛い声が聞こえてきて、目を上げる。

すると、アンジェリカは顔を真っ赤にして、蕩けるような笑顔を浮かべていた。

「わかりましたわ。……私は……、カイル様の気持ちを信じます！」

俺の目を見つめて、しっかりと頷いてそう言ってくれるアンジェリカ……。

女神のお許しが出ました。

コレでもう、怖いものなしだ‼


今日も放課後の数時間は、六人で仲良くカフェテリアでお茶を楽しんで過ごした。

驚いた事に、ミシェルが一緒にいなくてもヒューイ、ヘンリー、ジャッキー、ブラッドの攻略対象四人組は仲良くカフェテリアで過ごしていた。

ミシェルの周囲に集っている内に、友情でも芽生えたのだろうか？　まあ、逆ハーレムを形成できるくらいなんだから、男共の仲が悪いとはあまり考えられない、か。

それぞれに対して思うところがあるのだとしても、そんな事を表面上に出して争うほど馬鹿じゃないんだろう。……その分、水面下での足の引っ張り合いは凄そうな気もするけどな。

そして、四人のこちらに対する態度も様々なものだった。

まずヒューイは、ブラッド――鬼畜眼鏡と楽しそうに話しており、頑《かたく》なにこちらを見ようとはしない。

若干、ヒューイの頬が嬉しそうに赤く染まっているように見えるのは、俺が、ゲスいフィルターのかかった目で見ているからなのか？

ヒューイ……お前……。ケツ、無事なのか……？

ヘンリーはいかにも「いろんな事を企んでいるよ！」って感じの目で、こちらをチラチラ見ている。

俺がヘンリーに視線をやると、わざわざ執事を召喚し、こちらをニヤニヤ笑って意味ありげに見ながら、何事かを耳打ちしていたりする。

そのわざとらしさがまた、小物臭プンプンで、見ていて切なくなってくるのだ。

そして、鬼畜眼鏡は………。

俺は何も気づかない！

何、あの視線！　女子が妊娠したらどうしてくれるのさ‼

いや、男だって孕《はら》むかもしれない！　それくらい危ない種類の視線なんだよ⁉

ああ……尻に幻痛が……。

隣を見ると、ルイスも怯えた顔をして腰を引いている。

昨日の話を聞いて、視線の意味が気のせいなんかじゃなかったと確信したら、恐怖が倍増しましたよ？

しかもヤツは鬼畜眼鏡だ。考えている事もきっと、マトモなモノではないのだろう……。

適温なはずのカフェテリアで、何故だか寒気が止まりませんん。全身がサブイボだらけになりました。ダニエルが、せっせと温かい飲み物を用意してくれているのだが、とても追いつきません。淹れるそばから冷めていく、そんな感じ。

全く……。『鬼畜眼鏡クーラー』、恐るべし！　だよ。


そして、ジャッキーなんだが……。

あんな四人の中で、コイツだけはいたって普通に過ごしている。それはもう、空気の如く。いるかいないかもわからないほどなんだ。

その姿にかえって違和感を覚えてしまった。

だって、あいつらをスルーしてマイペースに過ごすって、何げにスゲェ事だぞ？　何も主張してないというのに、そこにいるのが当然のような顔をしていて、しかし全く目立っていない。

ゲームの中では俺様キャラだった彼なのに、この世界では性格的特徴を捉える事もできない。


これは、意図してなきゃできない事だと思うんだ。

だからこそ、そこに怪しさを感じてしまう。

なんだか、誰も彼もが転生者に見えてきたぞ？

今ここに、俺とミシェルが転生者として存在しているからには、他にもいると思っておいた方が良いだろう。

ミシェルが転生者と知って、俺が一番に考えたのは、「後何人転生者が潜んでいるんだ？」って事だった。

だって、俺が事故にあったあの時、少なくとも一〇人は信号待ちをしていたんだぞ？

その中の何人が死んで、何人がこの世界に転生しているっていうんだ？　さらにその中で、あのゲームを知っているヤツは、果たして何人いる？

俺は追加ソフトについての知識を持っていない。ミシェルも、美味しい部分だけを聞きかじっているだけだ。

だが、全てを完クリしている『やっちゃん』みたいなヤツが、敵として転生していた場合は？

そんなヤツ相手に、どう対処すれば良いのか全くわからん。

そいつの頭の中がマトモなら良いが、ありがちな宇宙人脳の場合は、全く行動予測がつかなくなってしまう。

そして、あんな内容の追加ソフトを、一枚ならまだしも全て完クリしているとか、確実に腐女子って奴か、両刀のどちらかだろう？

この世界を『現実』と、捉えてくれていれば良いが、『ゲームの延長』とでも考えられていたりしたら、面白半分で何をされるのかわかったものじゃない。

権力を使ってでも、危険な人物は排除した方が良いのかもな……。

ついつい、そんな風にも考えてしまう。

……でも、どうやって危険な奴を見分けるのか、もし排除した奴が、普通の人物であった場合、俺はその人の人生にどうやって責任を取るんだ？

そんな重り、俺に背負えるのか？

考えれば考えるほど、身動きが取れなくなっていくようだった……。


その日の夕食は、殆ど何も食べられなかった。胃の調子が、なんだかおかしい。

ルイスを見ると、彼も俺と同じで、食欲がないらしい。夕食の皿が全く手つかずだった。

これ以上食堂にいても意味がないので、「農家の皆さん、ゴメンナサイ」と心の中で謝って、席を立った。

げっそりとした気分で部屋に戻った俺たちに、ダニエルは甘めのロイヤルミルクティーを淹れてくれる。

「これから頭を使うのですから、糖分の補給はしっかり行った方が良いですよ」

慈愛に満ちたセリフと微笑み……。

俺たちは、できる男の微笑みを見た‼

「なあルイス、頭の整理はできたか？」

「イマイチ……かな？　君はどうなんだい？」

心に染み渡るような甘さを堪能した後、俺たちは早速昨夜のおさらいを始めた。

「よくわからない事も多いが……。取り敢えず、俺たちがブラッドに変態な性的対象として狙われている可能性があるって事と、『転生者』とやらが他にいる可能性があるって事は理解できた」

全て理解できているとは、口が裂けても言えない俺は、ルイスも理解できていそうな辺りをチョイスして伝えてみる事にする。

多分知識のない人が考えてどうにかなるのは、これくらいしかないだろう。

「そうだね……。後は、ミシェルの『連れ去られそうだから助けて欲しい』って希望ぐらいかな。僕たちが理解できて、対応ができそうな事って」

「そうだな。なぁ、もう……権力で排除するしか、ないんだろうか？」

「そうだよねぇ……。でも、たとえそれをするとしても、どこまでやれば良いと思うの？　誰が怪しいのかもハッキリわからないのに……」

ルイスは権力での排除は反対らしい。そして俺は、反対された事に、凄くホッとした。

俺もそれを望んでいないから。権力は、極力使いたくないのだ。

後の影響がでかすぎるし、間違いを犯しやすいからな。

「やるにしても、もう少し様子を見て粛清対象はまとめて処分するべきだよ……。おかしなヤツは一人見たら三〇人はいるっていうんだし、やるなら徹底的にやらなきゃ、ね？」

……いや、反対ではなく、容赦がないだけだった。

真っ黒な笑顔で、ゴキブリ駆除みたいな事を言う。

でも、確かに怪しいヤツを一人ずつ処分していくのは効率が悪いし、たとえ転生者だったとしても全員がおかしなヤツとは限らないんだ。

俺たちに害がなければ、何を企んでいても一向に構わないんだし、な。

なら、取り敢えずはどこまでを敵と見做すかの判断を優先して、疑わしい行動が見受けられる奴ら一人一人に探りを入れていくか。

ミシェルに関しては、放っておきたい気持ちはある。だが、彼女の中身は現在、マトモな人物が入り、貴重な情報を提供してくれるのだから、なんとかしてやりたいよな。

「ミシェルについてはどう思う？」

「うーん……。急にあいつらから離すのは良くないと思うんだよね。ヘンリーの性格が彼女の言う通りだとすると、彼女が態度を変える事で、豹変《ひょうへん》させてしまう恐れがあるんじゃないかと思うんだ」

それは、確かにその通りだ。

あいつは適度に独占欲が満たせていないと、突然病的になるからな。ゲームでも、選択肢を間違えた途端にバッドエンドになったりしていたしな。

「なら、今まで通りにバカを演じてもらいながら、自分に関わってくる人物から、怪しい奴をピックアップしてもらうか」

「そうだね。今の所それが一番妥当じゃないかな。君と僕に興味がある振りをしてもらって、時々情報を交換したらどうだろう？」

「ああ。それなら部屋に訪ねてこられても言い訳が立つし、あいつらに近づき……たくはないが、まあ、色々と対処しやすくはなるよな」

ヘンリーの独占欲と嫉妬心を上手く満たしつつ、俺たちと繋がりを作るなんて……。

言ったは良いが、実行するのはかなり難しそうだよな……。

ミシェルの話の内容をなんとか消化し、次は、今まで集めた最新情報の話し合いをする事にした。

この間、ダニエルに丸投げしたアレだ。ダニエルには、ブラッドの監視をお願いしたんだ。

そうして俺たちは、あまりアイツに関わらないようにしている。だって変態、怖いじゃん？

近づきすぎて、変質者の魔の手に落ちたりしたら洒落《しゃれ》にならないし、あの視線の先にいたくない。

自分の事だけじゃなく、好きな子をあの視線に晒《さら》すのも、本気で嫌だし……。

ダニエルなら、全てを完璧にこなしてくれるはずだから、安心して任せておくだけで、必要な情報が入手できるのだ。

明日のミシェルを交えた話し合いまでに、こちらの方向性をある程度決めておく必要があるから、今日は議題も多くなる予定だ。

「ブラッド教師は、時々ご自身の空き時間でマナーや行儀作法の個人レッスンをされているようですよ。暫く観察しておりましたが、そのレッスンは、特定の生徒しか受けていないようですね。多い日で一度に三人ほどが教室に入っていかれ、どのようなマナーを学ばれているのか、裸になられたり縄を使用されたりと、それはそれはとても斬新なマナー教育をされていらっしゃいました」

相変わらず、素晴らしいタイミングで視界に入ってきたダニエルは、俺たちにお茶のお代わりを提供しながら、なんでもない事のように爆弾を投下してくれた。

ゾッとした。一気に部屋の温度が、五度は下がったぞ⁉

それ、普通のマナー教育じゃないよな？

なんですか、その『変態紳士・淑女育成講座』は⁉

ここは、貴族の子息・子女が社交のイロハを学ぶ学園であって、変態のイロハを学ぶ場所ではないはずなのに！

「先生、不潔よ！」なんて思春期の女子みたいな事を言うつもりもないし、人の性癖をとやかく言うつもりもないが……。

教師なんだから、色々とマズイでしょ？　ダメでしょ？

まったく、とんだ淫行教師だよ！

いくらこの世界が、『生徒と教師』というタブーが薄いといっても、流石に貴族からお預かりしている大切な子供たち相手に、変態プレイの教育をするのはどうなんだ⁉

しかも、一度に複数とかって……。

この世界のモラルに当て嵌めても、かなり異常だよ。

俺たちって、そんなのに目をつけられちゃってる訳？

絶望した！


自分でも、顔色が悪くなっているのがわかる。

ルイスを見ると、ヤツの顔も土気色になっていた。

もし、ブラッドに捕まった場合、漏れなく同じ目にあうのかと想像してしまう。

想像しただけで、トラウマになりそうだよ。

「男子・女子かかわらず、懇切丁寧に指導されているようです。中々厳しい講義のようで、悲鳴が聞こえる事も多々ございましたよ。……そうそう、かの教師の個室にはカイル殿下、ルイス様、アンジェリカ様、ミシェル様のお写真が飾られていたのですが、なんだかベタつく液体で汚れておりましたね」

何かを思い出すように、少し上を見上げるような仕草をした後、なんでもない事のようにダニエルは俺たちに、笑顔で、さらなる爆弾を投下してくる。

ダニエルってば、Ｂ２９も真っ青な爆撃機と化していた。雨のように降ってくる真実に、俺たちは逃げ場をなくしてしまっている。

ぼ、防空壕はどこですか⁉

衛生兵！　衛生兵を早く‼

俺の脳内では、俺たち二人は防空頭巾を被って、爆撃の雨あられの中を必死に逃げ惑っている。

正に『死に体』ってな状態で、俺もルイスも一言も口を利く事もできず、フリーズしてしまっていた。

俺は、ティーカップを持つ手が不覚にも震えてしまって、中身が溢れて手がビチャビチャになってしまっている。ルイスなんて、持ったティーカップを支える事ができず、中身を全てテーブルに飲ませている状態だ。

ダニエルはそんな俺たちを楽しそうに眺めながら、手早くテーブルを片付け、新しいお茶を淹れ直してくれた。

その様子は、確実に俺たちの様子を見て楽しんでいるだろ⁉

おまわりさん！　ここにも鬼畜がいます‼

「まあ、殿下たちが近づくのは、やめておいた方が良いと思いますよ。後、彼の興味は殿下とルイス様とアンジェリカ様なので、ダグラス様やエイプリル様とは別行動を取った方が良いかと思われます。ジェシカ様はルイス様の弱点なので、側に置く事をお勧めしますが……。まあ、引き続き観察は続けますので、またおもしろ……変わった事がございましたら、ご報告致しますね」

ダニエル、今、面白そうって言おうとしたよね……？　なんか、イキイキしているように見えるし。

それに、いつにも増して、事態を楽しんでいる気配がするんだが……。

ってか、確実に面白がっているよね？　俺たちが怯える姿を見て、楽しんでいるよね⁉

俺たちの尻が非常事態に見舞われているのが、そんなに愉しいのか？　ダニエルも、鬼畜の国の住人なの⁉


そんな不満が、ついつい顔に出てしまう。

ダニエルはそんな俺の不服そうな表情に、「おや？」ってな感じで眉を上げて、

「殿下、『未知なる世界』の扉を開いてみたいのですか？　王となる方には、あまりお勧めしたいものではございませんが、殿下が望まれるのでしたら、個人レッスンの申し込みをしておきますよ？」

壮絶に艶《つや》やかな微笑みを向けられた。

「いえ、結構です。引き続き『ダニエルが』観察を行って下さい。生意気な態度を取って、スミマセン、オネガイシマス」

尻を両手でさりげなく隠して、棒読みでお願いしておいた。

『個人レッスン』マジで怖い……。

「明日はもう、執務室から出ないようにしようか。僕たちだけならともかく、アンジェリカも狙われているみたいだし、ジェシカやエイプリルがいつ目をつけられるかわからないし……。ダグラスとエイプリルに、今後の事を話す必要もあるし」

どこか遠い目をしたルイスが、呟くように言った。

ルイスの両手も、さりげなく尻を隠すように動いているのを、俺は見逃さない。

「だな。俺たちには、まだまだ理解できない人物のようだし……。今後は、できるだけブラッドの目に触れないように、関わらないように行動する事にしよう。……そして、ヤツには早めに学園を去ってもらうように、裏から手を回してみるよ」

俺はある種の決意の籠もった瞳でルイスを見る。

「その裏工作、一刻でも早く成就するように、僕にできる事は全て協力するから！」

ルイスからも力強い微笑みと言葉が返ってきた。

俺たち二人はお互い両手で尻を隠しながら、瞳を見合わせ、力強く頷き合ったのだった……。


後は……、ヘンリーのあの企み顔についてだが。

まだはっきりした事はわからないようだが、どうやらブラッドを利用して、俺たちに何か仕掛けようとしているらしい。


……何それ、怖い……。


そして、やっぱり漂う小物臭。

普通に考えたらさ、向こうも王子なんだから、政略的な仕掛けをしてくるとかじゃないの⁉

流石ヤンデレな小物は、考える事がひと味違うよね。

敵を排除するために、諸刃のヤイバになりえる変質者を投入するとか！　もし俺なら、絶対にそん

な手段は使わない。

変態とか変質者なんて、こちらの予想外の動きをしてくるからこそ、変態・変質者って呼ばれるんだぞ？ なんでそんなのを、手駒に使おうと思えるんだ？ 俺には、全く理解できん。

自分なら、『変質者を上手く操縦できる』とでも思っているんだろうか？ それとも、『ヤンデレ』という変態属性のヘンリーなら、『変質者』であるブラッドと心通じる何かがあるんだろうか？

俺には、操縦が利かなくなって、凄い事態になる光景が見える気がするんだが……。

あまりにも巨大な身の危険を感じて、俺は身震いしながら自分の体を抱きしめたのだった。

9 待ちうける新展開

翌日、俺たちは奴らから隠れるようにして行動した。

敵前逃亡のようで良い気はしないが、背に腹は変えられない。

昨夜の話を聞いてしまったら、奴らの目につくだけで危険だと判断するのも、当然だろう？　ブラッドの処分については、父と学長へ報告し「できるだけ早い対処を」と訴えておいた。

ヘンリーにしても、あまりに行動が目に余るようになってくれば、留学中であろうと隣国に引き取ってもらう事も検討している。

ただ、奴はたとえ『第五』とはいっても王子なので、証拠もなく留学を取りやめさせて強制送還する事はできない。余分な外交問題は、避けておきたいのだ。

そして今回決めた事は、非常に大切な事なので、アンジェリカには二人の時間を作って、しっかりと念押しをしにいった。

「いいかい、アンジェリカ。ブラッドにだけは、絶対に近づかないようにするんだよ？」

朝食後にアンジェリカの部屋を訪問した俺は、突然の訪問と忠告に驚きでキョトンとしている彼女の両手を握る。

握った手をそのまま胸の辺りまで持ち上げ、少し顔を近づけてジッと見つめ、彼女の返事を待った。

俺の切羽詰まった様子にただならぬものを感じたのか、アンジェリカは顔を真っ赤にして、落ち着きなく視線を彷徨わせている。返事をするまでは離さないとばかりに手を握りしめていると、暫くして「はい、わかりましたわ……」と、小さな声で了解してくれた。

その返答にホッとした俺は、目を閉じて彼女の額に自分の額をコツンとあてる。

アンジェリカが身をすくめるのが気配でわかったが、嫌がっている様子ではなさそうだ。きっと、顔の位置が近い状態でため息をついたので、彼女に息が触れたのだろう。

気配まで可愛いとか……。ますます心配が募ってしまうじゃないか。


そもそも俺は、アンジェリカが無事なら後は多少どうなっても良いとか思ってるんだ。そりゃあ、ルイスやジェシカの安全についても、勿論考えてるよ？

でも、あいつがただの鬼畜眼鏡ではなく、災害レベルの鬼畜眼鏡だった事がわかった今、俺が一番に考えるのは彼女の安全なのだ。

ルイスも俺と同じように考えて、ジェシカの安全に全力を注ぐのだろうし、問題ないはず。

学園側にはブラッドの対処を願い出てはいるが、奴が毒牙にかけた生徒たちもそれなりの身分を持っているものだから、問題を公にはできない。さらに、あの部屋に出入りした事のある全ての生徒が、そういう目で見られてしまう事も問題だ。

とてもデリケートな問題なだけに、学園側も対応に苦慮しているようで、素早い処分は期待できそうになかった。

父からも「早い対応は期待するな。次期皇帝として、処分が決まるまでなんとか頑張れ」となどという、嫌な返答が返ってきていた。

なんとなく返事の内容は予想してたけどさ……。酷くね？

変質者のターゲットになっている息子に対する言葉じゃないよな！

あのダニエルさえも、父の返事には苦笑いだったんだぞ？　まぁその後、「これは、殿下と私を試しているのでしょうか？」なんて言って、不気味に微笑んでいたけどな！

きっと父は、後で酷い目にあうはずだ！

いや、あってもらう‼

そうなるように呪ってやる!!!


ブラッドの処分の見通しが立たない今、あいつがどれだけ危険生物であるのかを、アンジェリカには十分に知っておいてもらう必要がある！

内容的に、女性にはとても聞かせられないものばかりなので、伝えるのはとても難しいだろうが、『近寄りたくない』とだけでも思ってもらわなければ……。

そう考えて俺は、額は合わせたまま目を開き、至近距離から彼女のアメジストの瞳をジッと見つめた。

「絶対だよ？　あいつは、色々な意味でとっても危険なんだ。何人もの生徒が、奴の毒牙にかかっているという報告もある。今、全力で奴の排除に向けて動いているけど……、素早い処分は期待できない」

唇が触れそうな近さで、現状を伝える。

「だから君はできるだけ、あいつの視界にも入らないようにして、ね？」

さらに、少し甘えたように念を押すと、アンジェリカが固まってしまった。

その顔は、トマトのように真っ赤になっていて、ハクハクと浅い呼吸を繰り返している。


照れているんだろうか？

反応が可愛すぎるんですけど⁉


しかしこの様子は……、聞いてない可能性もあるか？　なら、さらに念を押しておこう。

「約束だよ？　……もし、約束を破って君が危険な目にあったりしたら……」

ここで額を外し、彼女の耳元にそっと唇を寄せていき、

「ブラッドじゃなくて、俺が、お仕置きするからね？」

囁いて、ついでに「ちゅっ」と軽いリップ音も送っておく。

最後に、彼女の額にも軽く触れるだけのキスを送り、そっと手を離してから「約束だからね？」と、瞳を合わせて問いかけた。

アンジェリカは何も言わず、壊れた人形のように何度か頷いてくれたが、そのまま固まってしまった。

俺は、機能停止に陥った彼女を残し「じゃあ、後で執務室でね」と今日の集合場所を伝えてから、彼女の部屋を後にしたのだった。


アンジェリカの部屋を出てすぐに、彼女の反応を何度も反芻する。噛めば噛むほど味が出るってな具合で、ニヤニヤ笑いが止まらない。

何、あの反応？

可愛すぎるんですけど⁉

最近、触れ合いが足りなかったから、マジ癒されるよ！

あ～！　やっぱ、一日に最低でも一回は触りたいよな～‼

一〇分で良いから、毎日二人きりの時間が欲しい！

アンジェリカの可愛さに悶えていたら、すぐ近くの部屋からルイスが出てきた。

ヤツもジェシカに忠告しにいっていたようだ。

そして、部屋から出てきたルイスの少しニヤけた笑みを見る限り、あちらもそれなりに甘い時間が過ごせたようだな。

俺はそっとルイスに向かって、サムズアップでサインを送る。勿論、ヤツからも同じサインが返ってきたのは言うまでもないだろう。


今日はとても良い一日だった。

アンジェリカからエネルギーの補給もできたし！（額から吸い取ってやった気分だ）

執務室に逃げたおかげで恐怖の大王と遭遇する事もなく、精神的ダメージも避ける事ができた。

そのおかげだろうか、なんだか、頭も冴《さ》えているような気がする。

まるで無敵スターを取った気分だ。今なら体当たりしただけで、ヘンリーも鬼畜眼鏡も瞬殺できる気がする‼


……まあ、気がするだけだから、絶対にやらないけどね？

そんな、絶好調な状態で行ったミシェルとの第二回目の会合は、とてもスムーズに進んだ。

まず、ミシェルには昨日の話し合いの内容を伝えておいた。

ヘンリーを上手く利用しながらブラッドを避けるようにアドバイスし、さらに、他の転生者がいる可能性と、そいつらが敵か味方か判断がつかない事も説明する。

そんな状況なので、もし転生者っぽい人物を見つけても、今回俺たちにしたようなストレートな接触はしない方が良いという事も、しっかりと伝えておく。


そして、一番大切な事だが……。

『やっちゃん』とやらが転生している可能性だ。もし彼女が転生しているなら、現状を知れば間違いなく、ミシェルの味方になってくれるはずだ。

だから彼女には、日に何度か空でも眺めながら「やっちゃん」と呟くように言っておいた。

もし、やっちゃんが転生していれば、その内気づいてくれる事もあるだろう。


そして冴えている俺は、ブラッドへの素晴らしい牽制《けんせい》方法に思い至ったのだ！

その方法とは、ダニエルの姿に気づかせた状態で、ブラッドを見張ってもらうのだ。

ずっとでなくても、誰が見張っているのかをわかりやすくする事で、ヤツの行動の抑制になると思うんだよ。

この世界の人間なら、全員が執事の能力を知っている。そんなチートな人物の眼の前で、自分が不利になるような動きをする事はまずないだろう。

この計画には、ルイスの執事ドガーも協力してくれる事になった。

一人より、何人もに見張られてると思う方が、抑制効果高そうだしな！

ただ気になったのは……。この提案を出した時のダニエルの表情が、すげー怖かったって事だ……。

獲物を見つけた猛獣みたいな瞳で、どこか遠くを見つめていたんだ。

その瞳を俺に向けた時には、何時もの全てを面白がるものに戻っていたので、アレは俺に向けられたものではない。

きっとダニエルには、何か楽しい未来が見えたんだろうな。

「承知致しました。全力で、対応致しましょう……」

そう言って笑った時のダニエルの表情は、何時もより何倍も艶やかで、ゾッとするほど綺麗なものだった。

誰かは知らんが、獲物認定されたヤツに「御愁傷様です」と伝えたい……。


あの話し合いからもう、八日経った。ミシェルとの次の会合は、一〇日後にしておいたので、後二日でまた作戦会議を開く事になる。

次の話し合いまでに、お互いに新たな情報を仕入れて、自分なりの推論と対策を考えてくる事になっているのだ。

それに伴い、俺たちのカフェテリアでのティータイムも復活した。ただ、ブラッドの獲物認定を避けるため、ダグラスとエイプリルは別行動のままだ。

俺たちも変質者の視界に入るのは嫌なのだが、ダニエル情報だけを頼りに全てを考えるのもどうかと思ったんだ。

人からもたらされる情報と、自分の目で見た情報では、感じるものが違うだろうし、それによって対処も違ってくる。

そして、ブラッドの異常さを、俺とルイス以外にも、肌で感じておいてもらいたいという気持ちもある。理由と共に近寄らないように伝えてはいるが、聞いた話だけでは危機感を抱きにくいんじゃないかと思うんだ。

だから、危険と隣り合わせにはなるが、近くであいつを見てもらう事にした。あの異常さを直に感じる事ができれば、誰も進んで近寄る気は起きないと思うからな。

しかし、ブラッドの視界に入ったからといって心配していたような事が起きる気配もなく、今の所は、目に見えて何か計画が進んでいる様子もない。


強《し》いて『変わった事』を挙げるとすれば……。

ダニエルが、カフェテリアで俺たちに紅茶の給仕をしている時なんかに、鬼畜眼鏡の異常にネチっこい視線を感じるようになった事ぐらいか？

俺には、その視線がダニエルをターゲットとして捉えているように見えるんだが……。

そうだとしたら……。あいつは、本当に命知らずだと思うよ……。

ダニエルが存在感を出すと、途端にブラッドの纏う空気が変わる。心なしか、眼鏡まで何時もより光って見える気がするんだよな……。

紫の薔薇が咲き乱れている幻覚が見える気がして、俺はその度に顔が引き攣ってしまう。

なんなんだ？　あの耽美《たんび》な空気は……。

ダニエルもブラッドの粘着質な視線には、絶対に気づいているはずなのに、一切表情も態度も変わらない。

逆に俺は、その変化のなさに恐怖を覚えているんだけどな？

全てをわかっていて、煽っているような気がしないでもない。

やたらと俺に艶然とした微笑みを向けてくるのは、そうとしか考えられないだろう？

確実にブラッドの事、煽ってるよね？

ダニエルさん、そんな耽美な世界に俺を巻き込まないで下さい……。


後、ミシェルは……。

何故か攻略対象一印象が薄いジャッキーと、距離が縮まっている気がする。

以前のジャッキーは、元々ミシェルの取り巻きの一人だったが、他の奴らと比べても、そんなに彼女への執着も愛着も持っているようには見えなかった。

『グループだから一緒に行動する』とか『そういう設定だから、取り敢えずミシェルに求愛してるんです』って感じで、特にミシェルの取り巻きたちの誰かと親しい感じもなければ、興味もないって感じだった。

なのに今では、時々ミシェルとの間に甘い空気を感じるんだよな。

しかも、上手く他の奴らの嫉妬を煽らないように、調整している感じ？

ヤンデレなヘンリーは、ミシェルとの距離を縮めすぎても、離しすぎても『嫉妬心と独占欲』で暴走し始めるので、細心の注意が必要だ。

今の好感度から考えると、暴走させると、即、監禁コースへまっしぐらって感じだろう。

鬼畜眼鏡担当のブラッドは、気を抜けば拉致られる可能性が高い上、嫉妬心に火をつけたりしたら、ヘンリー以上のヤンデレにパワーアップする可能性がある。

何しろ奴は、変質者だからな。

ブラッドルートのハッピーエンドは、『鬼畜な彼に、甘くお仕置きされながらも幸せな結婚生活を送る』というものだが、バッドエンドになると『鬼畜な彼に調教されて、心を壊したミシェルは、奴隷のような一生を送る』というものになるのだ。内容はあまり変わっていない気がするのに、結果が大きく変わってくる。

さらに、ミシェル情報によると、18禁追加ディスクでのバッドエンドでは、素敵な『肉奴隷』として調教してもらえるそうだ。

我儘《わがまま》なオコチャマのヒューイも、独占欲や嫉妬心を刺激しすぎると暴れ出す可能性が大だ。

ハッピーエンドでは中高生のような初々しいカップルとなり結婚する二人。しかし、バッドエンドだと他の男の影に嫉妬したヒューイに、ストーカー化してつけ狙われ、最後には殺されてしまうのだ。

この辺りに、ヤツの異常さを感じてしまうよな。

因みに、他のキャラたちのエンディングも、詳しく紹介しておくとだな。

もう退場したが、ロバートは一番チョロくて、大体どの選択肢を選んでも好感度が上がる仕様になっていて、よっぽどの事をしなければバッドエンドやノーマルエンドはお目にかかれない。

ある意味、完クリの際に一番邪魔になるキャラだった。

ロバートとのハッピーエンドは、ジェシカにまで祝福され近衛騎士隊長の妻として、夫を支えていくというものだ。

この時にジェシカの「私も、ロバート様より、もっと幸せになりますわ」なんてセリフがあるのだが、今ならその意味がわかる。

ルイスがジェシカを手に入れた上、色々と手を回したのだろう。

なんか……、ロバートルートに、ルイスの影がちらつく気がして、しょうがない。

ダグラスの場合、『攻略対象一バッドエンドが鬱』と言われるだけあって、無理心中を起こす際の心理描写が生々しかった。

今考えると、婚約破棄未遂イベントの頃の彼の様子は、バッドエンドに向けての前フリだったのかもしれない……。

そして、今話題のジャッキー。

彼のルートは少し変わっていて、ハッピーエンドだとジャッキーが皇国に亡命してくるのだが、この意味がまだよくわからない。

バッドエンドだと、隣国から逃亡して流浪の民となり、冒険者のような暮らしをする事になるという事だし、ジャッキーは何か、自国との確執があるのだと思ってはいる。

次にトゥルーエンドの出し方だが。

好感度を必要なラインまで上げた後、恋愛イベントを起こすラインにまで上げられなかった時と、恋愛イベントを成功させられなかった時に、どのキャラともトゥルーエンドを迎える事ができる。

今のミシェルの好感度だと、どうなのだろう?

逆ハーレムを形成するために、どの相手とも一定の好感度を保っていたはずだ。それは、裏を返せば一気に恋愛好感度が下がる可能性があるという事で、少しの刺激でも、バッドエンドへ向けて走り出すという事でもある。

どいつもこいつもヤンデレキャラという、厄介なこいつらを、ビッチだった時の彼女は、持って生まれた能力でコントロールしていた訳だが……。

今のミシェルには到底無理だと思っていた。この状況を制御するには、彼女の精神は幼すぎる。平和な日本の女子高生には、色々無理だろって状況だ。

だからこそ、ダニエルに存在感丸出しで見張らせて、「お前らのやってる事は全部見てるぞ。何をやっても無駄だ」ってメッセージを送る事にしたんだ。

コレが少しでも牽制になってくれれば、俺たちとミシェルへの被害も、多少は防げるんじゃないかと思っていた。

しかしミシェルは、思っていた以上に、意外と上手く奴らの気持ちをコントロールしているように見えた。

それはもう、見事なほどに。

転生したての頃の挙動不審さは、すっかりなくなったが、しかし以前のようなビッチ臭漂う感じでもない。

最初は、俺と同じで上手くミシェルの記憶と融合して、そつのない対応ができるようになったんだと思っていたのだが……。

観察していると、どうもそうじゃなかったらしい。

どうやら、ジャッキーが裏で上手くミシェルを誘導しているみたいなんだよな。

さりげなく、各人物とミシェルの二人の空間を演出してみたり、逆に、近づきすぎた距離を離したり……。

しかも、その行動があまりにもさりげないから、多分誰も気づいてないんじゃないかな？　いや、ミシェルはわかっていて、奴の言う通りに動いているようだから、多分二人で色々相談したりしているんじゃないかと思う。

さらに、ジャッキーがミシェルを見つめるブルーグレーの瞳には、ある種の決意が感じられるんだよ。

俺やルイスが、アンジェリカやジェシカに向ける瞳と同じもの。「絶対に俺が守る」ってやつだ。

あの目つきを見る限り、あいつは『ミシェルの味方』なのだと確信できる。

しかし、ミシェルを守るためなら、平気で俺たちを生贄《いけにえ》にしそうなので、決して『俺たちの味方』と考えてはいけない。

だが、表立ってミシェルを助けてやる事も、庇ってやる事もできない俺たち以外に、ミシェルの味方がいてくれる事は、正直ありがたい事だと思う。

もう俺の中では、「ミシェルの事はジャッキー《お前》に任せた！」といった感じなんだが……。


あいつ、本当に転生者なんじゃないか？

そうやって、俺の疑惑は日に日に強くなっている訳だ。しかし、ミシェルとの次の会合は明日。それまでは、悶々《もんもん》として過ごすしかない。

ま、その時にでも詳しい事を聞けば良いと思って、今は観察を最優先で進めて、より沢山の情報を集めている訳だ。

例えば、最近ヘンリーの執事が、よくコッチを見ているとか……。

この事は、ダニエルもかなり気にしていた。

執事は、その能力の高さから『主人の命令であろうと、国家間の争いと犯罪には手を出さない』という『領分』に基づいた決まりがある。

なので、おかしな事はしないと思うのだが、あの執事の目つきが、チョット気になるんだよな……。

ヘンリーも、そんな執事の様子に気づいているのかどうなのか、あえてこちらの事を話題にして執事と話しているようだし。

ヘンリーが自分の執事を巻き込んで、何かを計画しているのはまず間違いないのだろう。

俺たちだって執事を巻き込んで計画を立てるのだから、ヘンリーが同じ事をしたっておかしくない。

ただ、その内容によるよね。

身を守るために執事を投入するのと、人を罠《わな》に嵌めるために投入するのじゃ訳が違う。まぁ、『領分』を大切にする執事が、そんな事に手を貸すとは思えないので、何も問題はないと思うが……。

気にはしておく方が良いだろう。

そして、迎えた情報交換の日。

俺の部屋を訪れたのは、ミシェル一人ではなくある意味予想通りに、ジャッキーがついてきたのだった。

ミシェル

私は、大森茅野《おおもりちの》一七歳。花の女子高生……だった。

あの日、私とやっちゃんはいつも通り、登校のために歩いて駅へ向かっていた。

話題は勿論、今、絶讃どハマり中のゲーム『君の為に全てを賭けて』のカイル様ルートの攻略について。

やっちゃんは、パソコンで先行発売されていたこのゲームを既に攻略していて、今は追加ソフトを繰り返しプレイ中らしい。追加ソフトはどれもR18で、どエロな内容らしい……。やっちゃんは、所謂なんでもこいな腐女子で、彼女に下ネタを振ると時間がいくらあっても足りないという……。

生き生きとエグい、エロ話を聞かせてくれるやっちゃんに、実は、私は少し引き気味だったりする。だけど、そういうエッチな事に興味津津な年頃でもあるので、あえて彼女の話を止めたりする事はない。

私は家庭用ゲーム機でこのゲームをやっているので、追加ソフトのプレイはできない。だけど、それ以前に本ソフトの攻略も終わってないし、やっちゃんの話は、ホントに聞くだけなのだ……。

その攻略も、殆どやっちゃんに助けてもらっている。だって、攻略サイトより、攻略本より、やっちゃんの方が色々と詳しく教えてくれるんだよ。「この選択肢が、後々追加ソフトのあの場面で関係してくるんだよ」とか、「多分この選択肢を選ぶ事で、あの攻略対象の好感度が上がりやすくなったはず」なんて、どの攻略サイトや本のどこにも載っていないような裏情報まで、独自に分析してるんだもん！

今、憧れのカイル様ルートに挑戦中の私には、やっちゃんの情報は神の福音に思える。

信号待ちの間も、私たちは夢中でゲームの話をしていたから、トラックが突っ込んできた事に気づいたのは、ぶつかる直前だった……。


気づくと私は、ゲームをしている夢を見てた。

その夢の中では、私が主人公になって攻略対象たちと仲良くしていた。「あ、このシーン知ってる‼」とか「ここの選択肢はこうだったよね～」なんてのんびり『夢』を見てた。しかも、ハーレムルートをプレイ中みたい。

でも、ゲームのハーレムルートとは少し違うみたいなんだよねぇ……。やっぱり夢だから、私はまだプレイできていないハーレムルートの内容が、想像で補完されているんだろうなぁ……。

そんな暢気《のんき》な事を考えていたあの頃の私を、怒鳴りつけてやりたい……。

どうやら私は、あのトラック事故で危篤状態になっているらしくて、目は開かないし、身体も動かない。だけどなんとなく、病院にいるんだろうなって事は、理解していた。私の側で、両親や友人たちが泣きながら何かを話しているのを、いつもボンヤリと聞いていた。

ただ、話している内容までは聞こえなかったから、やっちゃんが助かったのかどうかがわからなくて、それだけが気がかりだった。

私の意識は、殆ど病室にあるんだけど、時々眠るように意識が薄れる時があって、そんな時は必ずゲームの夢を見た。

ゲームのヒロインになっているのは嬉しかったんだけど、ヒロインの性格が思っていたより残念で、かなりガッカリしたし「え!?」ってなった。……まあ、夢だしこんなものなのかなぁって思って、自分を慰めてた。

攻略対象たちもゲームとはだいぶ性格が違うみたいで、ガッカリなキャラクターも多かった。だけど、ゲームより萌えるキャラクターもいた。

カイル様なんて、ヒロインに凄く冷たくて、チョット傷ついちゃった。でも、婚約者のアンジェリカに対する瞳とか態度は滅茶苦茶甘くて……。かえってその『婚約者を溺愛していて、甘やかす』っていうベタなキャラ設定に、キュンキュンしちゃったんだけどね。

ロバートは相変わらずのチョロさ全開だけど、思ってた以上に脳筋全開だったのに、結構引いた。ブラッドも、鬼畜眼鏡というよりは、犯罪者寄りな変質者って感じなキャラクターでドン引きだし……。やっちゃんが言っていた、「R18のブラッドは、本気でヤバいよ?」って言っていたのは、多分こういう事だったんだなってその時に思ったよ……。

攻略対象たちが残念度数高めな代わりに、攻略対象じゃないのにとても素敵な人が沢山いて、目の保養にはなったよ。カイル様の親友ルイスも、執事のダニエルも超絶イケメンなんだよね。

それ以外にも、モブっぽい人たちでもイケメンさんが沢山いて、夢の中の私は、そんな人とも恋愛ゲームを楽しんでいるみたいだった。かなり、相手構わずでモーションをかけてる感じ?

ヒロインのビッチぶりには、本気でドン引きだったよ……。

夢の中で思い通りに進まないゲームの進行を見ながら、「私はきっと、このまま死んじゃうんだろうなぁ」なんて思ってた。だって、段々意識が病室にある時間が減ってきているんだもん。

夢を見ている時間が長くなってきているって事は、きっとそういう事だよね？

さらに、夢の中で「このままじゃ、ヘンリールートに突入しちゃうじゃん……」って思い始めた頃には、私は病室に意識がある時間より夢で過ごす時間の方が増えてきていた。

ああ、もうすぐ私、死んじゃうんだなぁ……。ゲームの攻略結局できなかったなぁ。

せめて、夢の中のゲーム内容は最後まで見届けたかったたな。残念……。


なんてボンヤリ考えていたのよね。

今ならあの頃の私に、「ヒロインをもう少しなんとかしようと頑張れ！」って言ってやりたい‼

ある日を境に、私は完全に夢の中でヒロインとして活動するようになっていた。それまでは、どこか別世界で、勝手に進むゲームを眺めているだけだったのに、完全に私の意識で動くようになっていた事に、マジでビビった。

かなり戸惑ったけど、「ああ、コレが今流行りの乙女ゲー転生かぁ」って納得した時は、嬉しさよりも恐怖におののいちゃった。

だって、明らかに『チェックメイト！』って感じで、『ルート中唯一ハッピーエンドはありません』って言われている、ヘンリールートに片足突っ込んでいたんだよ？

あの絶望感は、言葉にできないね。

転生に気づいてからは、暫くこれからどうしたら良いかわからなくてアワアワしてたんだけど、ふとある可能性に気づいたのよ。

私が『転生』しているんだから、もしかしたら他にも『転生者』がいるかもしれないって事に、気づいたんだよね。

そしたら、明らかに怪しい人がいるじゃない！

そう！　カイル様‼

後、ルイス様も怪しいんじゃないかと思った訳よ！

だって、『転生者』でもなければ、あのフラグ回避能力はありえないと思ったのよ。

そう思ったらもう、いてもたってもいられなくなって、すぐに確認しにいっちゃいましたよ！　同じ『転生者』なら、もしかしたら助けてくれるかもしれないでしょ⁉

でも……あては外れちゃって、二人とも転生者ではないって言われちゃいました……。

しかーし！　お二人は私の話に興味を持ってくれたようで、私の話を信じてくれて対処方法まで一緒に考えてくれたの！

凄く優しいと思わない⁉　私、感動しちゃったよ‼

だって、私が転生したこの『ミシェル』は、お二人にはとっても嫌われてたから。こんな風に優しく接してもらえるなんて全く思ってなかった。だから、凄く嬉しかったの。

「これからも、一緒に協力して欲しい」

って言われた時は、本当に安心したのよ？

だってもう、一人きりで悩まなくて良くなったんだもん。相談できる人がいるって、それだけでとても心強いのよね……。

だから、毎日言われた通り飽きもせず空を見ながら「やっちゃん……」って呟き続けた。

四日ぐらい続けた頃かなぁ……、急にジャッキーが、

「最近いつもそうやって呟いてるけど、それは誰の名前なの？」

って聞いてきた時には、かなり焦っちゃいましたよ。

お二人に、すぐにどうしたら良いか相談したかったんだけど、次の会合は六日後の予定だし、急に会いにいくとか変な動きをして、ヘンリーやブラッドを刺激しないようにって、何度も念を押して言われてたから……。

どどどどどどうしよう……。

ジャッキーは、攻略対象の一人で私の取り巻きとして側に入るけど、あまり私に興味がないみたいだったんだよね。私の事とは別の理由で、側にいる気がするの。

そんな人物に、私の怪しげな行動を見咎められて、指摘されるなんて……。私はどうしたらいいかわからなくて、オドオドと視線を彷徨わせてしまう。

そんな滅茶苦茶挙動不審な私に、ジャッキーは今までとはまるで違う笑顔で、「そんな今ここにいないヤツに頼らなくても、俺が助けてあげるよ？」なんて、優しく言ってくれた……。

その瞬間、頭の中で鐘が鳴り響いて胸がキューンってなって……。

後から、自分のチョロさ加減にガッカリした……。

ジャッキー

俺は、ジャッキー・ファイン一七歳。この皇国の隣国ウルハラの、公爵家次男だ。

実は、俺には秘密がある。


その秘密とは……、子供の頃から『未来予知』ができるんだ。それはふとした瞬間に、頭の中に浮かぶ短い映像。


俺が覚えている一番最初の未来予知は、一〇歳の時に見た、妹の将来に関するものだった。

妹の七歳の誕生日を家族皆で祝っている最中、大喜びでプレゼントの確認をしている妹の顔を見た時、突然頭の中に映像が浮かんだんだ。

見えた映像の中では、女の子が男に監禁凌辱《りょうじょく》されていた。

突然見えた生々しい映像に、俺はパニックを起こしてしまった。無理もないよな。一〇歳の子供が見るような映像じゃなかったんだから……。あんな映像《ヴィジョン》大人でも正視できない人もいるはずだ。

そんなヴィジョンの影響で、突然恐慌状態になってしまった俺のせいで、その日のパーティーは台無しになってしまい、俺自身も三日ほど寝込んでしまった。

寝込んでいる間、見えた映像の男女の顔に見覚えがあった俺は、アレが誰だったのかをずーっと考えていた。

そして、男の方がこの国の第五王子ヘンリー様に似ているという事に気づいたんだ。

今よりもずいぶんと大人に見えるソレは、ヘンリー様がこのまま成長すればそうなるだろうって顔。

吐き気がした。

女の正体はその時はわからなかったのだが、嫌な予感は何時までも心の中に残っていたのだった……。

それからは、何度も色々な未来予知映像を見るようになった。

家族には早い段階で自分の能力を打ち明け、その力を利用する事で、家の力を強化していった。家に有利に働く力だったおかげもあって、家族は俺の力を簡単に受け入れてくれたようだった。

そして、何度も色々な人物のヴィジョンを見ているうちに、俺の未来予知は、顔を見た本人の未来なんだって事がわかった。

さらに、年を経るごとに妹の顔が、あの時の女の顔に近づいていくのにも気づいていた。

あの映像が妹の未来だと確信した時には、妹とヘンリー様の婚約が内々に進んでいた。俺はすぐに父に未来予知の内容を話し、婚約の話をやめてもらった。

幸いな事に、父は妹を溺愛している。

妹の幸せと政略結婚なら、妹の幸せを優先してくれる人だ。体を張ってでも、婚約を阻止してくれるだろう。

それでも俺には、多少の不安が残った。だって相手は王族なんだぜ？

娘を嫁に差し出せと言われたら、臣下である俺たちには逆らえない。

しかし、ちょうど良い事に、妹には相思相愛の幼馴染がいた。すぐさま二人を婚約させたのだが、それでも安心はできない。

普通なら婚約者のいる相手を欲しがる事などありえない。だが、相手はあのヘンリー王子なのだ。

だから俺は父と共謀して、ある計画を立てたんだ……。

俺が一五歳になるのを待って（ヘンリーも同い年のため）、二人で隣国に留学する事を王に提案してみた。

国際交流を目的とすれば、第五王子であるヤツの『将来のための勉強』という大義名分を立てる事ができる。それに、隣国の皇子は俺たちの一歳下なので『皇子の御学友』になる事ができ、将来の外交にも役立つのではないかと、思われたのだ。

案の定、王からは二つ返事でお許しが出た。

ヘンリー王子と一緒に留学する俺は、王子の監視も任せられていた。国王の命令で、隣国の王族に対してヘンリーが何か問題を起こしそうな時は、俺の能力を使って戦争回避を第一に考えて、動いて欲しいと言われていた。

俺の能力を知っているのは、父と王様と次期国王になる第一王子の三人だけ。

そのため、こんな密命が出たのだ。

元々、正妃の子であるヘンリー王子は、第五王子ではあるが、正妃の子としては二番目の王子となり、王宮でかなり好き勝手な事をしていた。

王族全体の評価を落としかねないヘンリー王子の事を、実の兄である第一王子は憂いていた。母親と共に、何度も教育の見直しを行い、質の良い執事を専属で付けフォローさせたのだが、どうしても教育改善が上手くいかなかった。

間違えた方向に有能な執事を付けたせいで、かえって上手く水面下で事を進めるようになり、問題が表に出なくなってしまったのだ。その分、さらにたちが悪くなった。

表立って問題を起こさないから、注意すらできない。しかし、勝手の違う隣国に留学すれば、どうだろうか？

隣国の皇子に専属として付いている執事は、歴代最優秀だという。

それなら、もしヘンリーが学園で何か問題を起こせば、皇子に気づかれて国に苦情が来るかもしれない。そうなれば、ヘンリーの失脚も実行しやすくなると考えたらしいのだ。

なので俺は、ヘンリーの監視をして国に報告はするが、基本的には問題を起こしても見守るように言われている。唯一戦争の回避に動く時だけは、俺の権限で行動しても良い事になっていた。

我が家では、俺たちが留学している間に、妹の婚約話はドンドン進めてもらうようにし、妹が一六歳になったと同時に結婚する手筈になっている。

そして俺は、留学中に王子に別の女をあてがうように父から言いつけられている訳だ。勿論、留学先で相手を見つけられなかった時のために、妹が一六歳になって結婚するまでは一切、妹を社交場に出さない事に決められた。

この留学において、俺の役割は多岐にわたっていた。

まずは、ヘンリー王子に俺を無害で凡庸な人物と認定させる事から始めた。そうして、一年も経つ頃にはヘンリー王子は、俺を空気のように扱うようになってきた。

留学してから二年間は、特に何も起こらなかった。父からの指令である『ヘンリー王子に女をあてがえ』というのも、無視していた。

だって、あんな男に女をあてがうのは気が引けたからさ……。

隣国の皇子とも特に接点なく過ごし、俺は、このまま何事もなく卒業するのかと思い始めていたのだ。

そしたらなんと、今年の新入生に生贄候補が入学してきたんだ。

その女は、見た目の良い地位のある男なら誰にでも尻尾を振るような、売女《ばいた》みたいなヤツだった。

ヘンリー王子をはじめとして、あっという間に五人の男を次々と誑《たぶら》かし、自分の周囲に侍《はべ》らせていったんだ。その手腕には感服したね。あのヘンリー王子までもが、取り巻きの一人に甘んじたのだから……。

俺も、ヘンリー王子がなんかやらかして国際問題を起こしたら困るので、そのメンバーに紛れ込んで監視する事にした。

最初、相手は身分の低い男爵の、妾《めかけ》の子供だし、ヘンリー王子が彼女絡みで問題を起こしても、大した事にはならないだろうと思っていた。

けれど、その女——ミシェルの取り巻きのうち三人は、皇子の幼馴染で将来の側近候補であるらしい。さらにミシェルは、その皇子すらも狙っているようなのだ。


これは……。

とんでもない問題が起こる気がするぞ？

これは、観察対象として、ミシェルの事も増やすべきだな……。

俺は、ヘンリーに加えて、ミシェルの事も監視するようになった。

観察していてわかった事だが。

ミシェルはとても変わっていて、会うたびに未来予知映像が見え、その映像が毎回変わるという、今までに遭遇した事のないタイプのヤツだった。

ほのぼのとした未来、落ちぶれた未来、殺されてしまう未来、幸せそうな未来、ヘンリーに捕まる未来……。

俺は、様々な未来が見えるミシェルに興味を持ち、彼女の観察を楽しむようになった。

そんな楽しい観察を行っていた頃、ある出来事をきっかけにして、ヘンリーのミシェルへの執着が一気に強くなったんだ。その上、ヘンリーはカイル皇子に対して敵対心のようなものを、ぶつけるようにもなっていった。

ヘンリーの強い執着に「これで未来は決まったかな？」なんて思っていたら、突然、彼女の未来が全く見えなくなってしまった。

そして、それと同時に彼女の様子が変化した。

表向きは、態度を変える事はなかった。でも、時々戸惑っているように見える事があり、行動も言動も大きく変化させないように、気を遣っている様子だった。

しかしある日突然、ヘンリーやブラッドを避けているような様子が見られ始めたんだ。

本人は今まで通りに接しているつもりのようだったが、奴らも彼女の変化を感じていたと思う。

あんた、それ逆効果だって！

そんな態度じゃ、悲惨な結末しかないだろ？　あんなに上手くバランスを保っていたのに、突然どうしたんだろうか？

そう思いながら、俺はヒヤヒヤして彼女を見ていた。

時を同じくして、突然彼女はどこか遠くを見ながら「やっちゃん」と呟く事が多くなった。その声は小さいが、助けを求めている事がありありとわかるものだった。

俺はそれに興味を持って、独自で学園内を調べてみたんだが、『やっちゃん』という人物はどこにもいなくて……。

毎日何度も呟かれるその声に、なんだか可哀想になってきてしまったのだが、それ以上に嫉妬を感じた。どうやら俺は、近くでミシェルの観察を楽しんでいるうちに、彼女に対して愛着を持ってしまったようだ。

だから俺は、ついつい言ってしまったんだ。

「そんな今ここにいないヤツに頼らなくても、俺が助けてあげるよ？」

って。

よっぽど限界だったんだろう。

俺のその言葉を聞いて、彼女は泣き出してしまった。

気づいたら、思わず彼女を抱きしめて慰めていた事に、俺は心底驚いた。

これがただの愛着なのか？

自分の行動に戸惑いながらも、なんとか彼女を落ち着かせて、ゆっくり話を聞いてやると、彼女は不思議な事を言い出した。曰《いわ》く、

「私は、転生者なんです」

という事らしい。


頭がおかしくなったのかと思ったが、そういう訳ではないようで……。

話していると、彼女の不思議な状況に、強い興味を覚えた。そして、彼女の精神の幼さを、ヒシヒシと感じてしまったんだ。

下手をすれば、俺の妹よりもずいぶんと幼い気がする。貴族の社交場に出して良い精神年齢じゃない。このぬるま湯のような学園でもアウトだろう。

それが彼女の言う『転生』の影響であるというなら、彼女には絶対的な庇護が必要だ。

なのに彼女には、専属の執事すらも付いていないのだ。

なら、俺が守ってやらなきゃ……。

なんて思ってしまった時、彼女にズッポリと嵌ってしまっている自分の気持ちに、ようやく気がついたんだが……。

悪い気は全くしないし、ヘンリーなんかに彼女をくれてやる気は、さらさらないのだ。

10 ジャッキーからの情報

ジャッキーも含めての話し合いは、意外とスムーズに進んでいる。

驚いたのはヤツの特殊な能力の事で、未来予知ができるというものだった。この能力については、隣国でも父親と国王、第一王子の三人しか知らないらしい。

しかしどうやら、その能力も完璧な訳ではないらしく、見える人物と見えない人物の差が激しく、見える内容にも大きな差があるらしいという事だった。


おいおい……。

そんな大事な秘密を、他国の皇子である俺なんかにバラして良いのか??


なんて思ったのだが、「俺の話を信用してもらうために必要だ」と言われて、それならしょうがないかと納得した。

その話を聞いていた時、いつもはコチラから声をかけなければ意見など殆ど出さないダニエルが、自分から会話に参加してきた。

「……魔族の……先祖がえりのようですね……」

と、少し楽しそうな顔でジャッキーを見つめて呟いていた。


魔族の先祖がえり……、ね……。

これには、ジャッキーもブルーグレーの瞳を見開いてダニエルを凝視した。そういえば、二人の瞳の色はとてもよく似ている。他の執事も同じような瞳の色をしているし、もしかするとあれが魔族の特徴なのかもしれないな……。

そして、髪の色も関係あるのかな？

髪色は、ジャッキーがスチールブルー、ダニエルは、黒に近いシルバー系のダークブルー。

他の執事たちの髪色も、シルバーブルー系の濃淡な事を考えると……、もしかすると、髪の濃淡で魔力の強さがわかるのかもしれない。

「俺のこの力って、魔族由来だったんですね……」

ダニエルの言葉を聞いて、なんだか力の抜けたような、安心した顔をしたジャッキーの小さな声が、やけに印象的に聞こえた。

きっと、幼い頃からその能力で困った事も多かっただろうし、それ以上に得体の知れない力に困惑する事も多かったんだろうな……。

暫くは、お茶を楽しみながら和やかに二人のなれ初めや、最近の奴らの動向についての話を聞いていたのだが……。

新たにジャッキーのもたらした情報は、中々にドン引きなものだった。

「ヘンリー王子は、皇子をブラッドに差し出そうと考えているみたいですよ？　……あ、ついでにルイス殿の事も……。お二人のせいで、色々と計画が狂ったとか言っていましたし、相当根に持っているのだと思います」

明日の天気の話でもするような軽いノリで、トンでも情報キターーーっ!!

そ、それって……。それってアレって事だよな!?

うう……尻が……

いーーやーーだーーっ!!

マジ、勘弁して欲しい！　なんなんだよ!?

一体俺が何をしたっていうんだ？

何が原因でそこまで強烈な敵認定されたんだよ!?

そもそもヤツは「計画が狂った」って、どんな計画を立てていて、俺たちの行動の何が計画を狂わせたっていうんだ??

俺が脳内でのた打ち回っているというのに、ジャッキーはのんびりとした様子で紅茶を飲んでいる。しかも、時々隣に座るミシェルがテーブルに置いている手に自分の手を重ねたり、手のひらを擽ったりとイチャイチャを仕掛け、ミシェルは『男慣れしてない女子高生』まんまの反応でアワアワしている。

……その様子は………まさしくリア充！

あのさ、俺もルイスも二人とも忙しすぎて、ここの所、二人きりデートもろくにできてないんだよ？

つまり、かなり欲求不満気味なんだよね？

なのに、ここで！　目の前で！　イチャイチャされるとか……。

リア充爆ぜろ‼


二人に軽く呪いをかけてから、ふと隣を見ると、ルイスが死んだような瞳をしてジャッキーとミシェルを見ている。

お前の気持ちはわかるぞ‼

俺も早く、アンジェリカと二人きりでイチャつきたい。俺の行動一つ一つに反応して、真っ赤になる彼女の姿を見たいんだ！

俺も早くリア充生活に戻りたい！


……ってもまあ、目の前の二人も、普段はゆっくり二人きりでイチャイチャする時間なんか取れる訳、ないよな。

今みたいな『二人の世界』を前面に出してしまえば、嫉妬に狂った他の攻略対象によって、あっという間に破滅ルートへまっしぐらに突っ走ってしまうだろう。

今、この空間でしかイチャつく事ができないんだから、できる男としては、少しぐらいは大目に見てやる必要があるんだろうな……。

ジャッキーは、俺の脳内での一人会議の内容を理解しているかのように、楽しそうな笑顔で俺を見ている。しかしその瞳の中には、笑みなど一切なく、どこまでも真剣な色を持っていた。

その瞳が意味するのはきっと、俺という人物の人間性の見極め。

隣国とはいえ、王族に対するものとは思えない失礼な態度の意味は、そういう事なんだろう。

まぁ俺は、彼が敵じゃないなら、そんな態度、なんとも思わないんだけどね。


そしてジャッキーは、瞳だけは真剣な笑顔と冗談口調で、

「ヘンリー王子は絶対に潰しておきたいんですよねぇ～。……なので、協力、してもらえませんか?」

「それは僕たちに、ヘンリーの思惑に乗って囮《おとり》になれって事かな?」

とんでもない協力要請が来ましたよ、ええ。何の罰ゲームなんだろうな、コレ。

ジャッキーが本気で『囮になれ』と言っているのか、彼の表情からは何も読み取れない。なので俺は、何も言葉を発する事もなく、ジャッキーの本音を探るようにジッと彼の顔を見つめた。

しかし、俺と同じく囮にされそうなルイスの方は、いち早く茫然状態から立ち直り、ジャッキーに対戦を仕掛けにいったのだ。

「まあ、簡単に言えばそういう事ですね」

「例えば囮を引き受けたとして、僕たちの貞操は君が守ってくれるのかい?」

「それは、自分でなんとかして下さい、としか。……守れなかったとしても、それはそれで……、新たな世界の扉が開けるかもしれませんよ?」

「新たな世界への扉は、自分で開いてきなよ。少なくとも、僕には必要のない世界だ」


……オッソロしい会話だな、おい。

ブラッドの危険さを十分認識しているルイスは、今にも噛みつかんばかりの獰猛《どうもう》さを表情に出して、

ジャッキーを威嚇する。

そんなルイスに対してジャッキーは、飄々とした態度を崩す事なく応対していた。よっぽど、神経が図太いか鈍感なのかでなければ、こんな状態のルイスに飄々と言い返す事なんて、普通はできない。

この様子からだけでも、ジャッキーが意外と使える男だという事がわかった。

まぁ、人間性には、多少の問題があるような気はするがな。


しかし……、二人の真っ黒すぎる会話に、ミシェルはドン引きしてるぞ？

「ふふふふ」「ははははは」なんて白々しい笑い声が、俺も超コエーよ。

どこの魔族会議なんだよ。

今のお前らの黒さは、ダニエル級だぞ？


しかし……。

ジャッキーが、どこまで本気で言っているのかはわからないが、『囮作戦』か。

確かに、この国の皇子である俺に手を出したとなれば、重罪だ。上手くすれば、ブラッドとヘンリーの二人を、いっきに片付ける事もできるだろう。

まぁ、かなり強引すぎる提案であるとは思うが……。

でも多分、ミシェルがあいつらの相手をするのも、もう限界なのだろう。

彼女の精神は、それだけ幼く未熟なのだ。取り繕えなくなりボロが出てしまえば、彼女が危険に陥る可能性が跳ね上がる。そして、好きな子を守るには、自分では権力が足りないと、ジャッキーは思っているのだ。

もし俺がジャッキーの立場でもきっと、同じように多少強引だとしても、手段を選ばずに二人の排除に走るだろうな。好きな女を変質者の側に置いておくなんて、俺なら気が狂う。

いつ、何をされるのかわからないんだしな。

今だって、早くあいつらを片付けておかなければ、アンジェリカたちに何をされるかわからん怖さが常にある……。


……ふむ、なら……。


「わかった。どうしてもというなら、囮役は引き受けても良いよ。しかしあの二人は、そんな簡単に引っかかってくれるのかな？　この国の後継者を危険に晒すんだ。勿論、勝算はあるんだろうな？」

俺が囮役を引き受けても良いと言うと、ルイスはとてもイライラとした表情になって俺を睨みつけ、反対に、ジャッキーはホッとしたようにとても嬉しそうに笑って、ミシェルの顔を見つめた。

俺が『囮役』を提案された事に対して、さほど嫌悪感を示さなかった事で安心したのか、ジャッキーの張り詰めていた空気が少し緩んだ気がした。


まあどう考えたって、そんな提案を他国の皇子に持ってくるなんて、不敬罪で処罰されてもおかしくないしな。

軽く発言しているように見えても、かなり緊張していたのだろう。ジャッキーの言動が今一つ統一性に欠けていたのも、常識と現実、希望と悲観、そんな色々なものに振り回されていたのかと思えば納得だ。

でも、たとえ処罰される事になったとしても、ジャッキーは俺の人間性に賭けるしかなかったんだろう……。

いうなれば、それだけ『今』が、切羽詰まった状態になってきているって事だ。

ジャッキーの話によると、現状ではヘンリーとブラッドの利害は、一致するようで一致しないらしい。ヘンリーは『俺』に危害を加えたいという強い思いがある。それに対してブラッドは、ぶっちゃけ、俺・ルイス・アンジェリカ・ダニエル（俺の想像）・ミシェルの内、『誰でも』いい訳だ。

だからヘンリーは、『俺』を排除するためだけに、ブラッドの希望する人物を生贄として、捧げる事を考えた。

例えば、俺とルイスがヘンリーの計画通りに捕まったとする。

そこで、ヘンリーの目的は達成される訳だ。さらに、俺と兄が捕まったと知れば、猪突猛進な所のあるアンジェリカは、間違いなく敵の懐に飛び込んでいくに決まっている。

何の策も持たないままに……。

俺とルイスが捕まる状況という事は、ダニエルだって身動きできない状況になっているという事でもある。

護衛でもある執事が身動きできないという事は、俺たちなど幾らでも捕まえられるという事なのだ。

そして、俺たち全員を捕まえる事ができれば、ブラッドの目的も達成される訳だ……。

ヘンリーにしては、中々考えてある作戦だよな。

次に、俺たちが、囮を引き受けて得する事を考えてみよう。

今の所ブラッドの執着対象になっているのは、俺・ルイス・ダニエル（?）・アンジェリカ・ミシェルの五人だろう。

そして、ブラッドが誰をいつ狙ってくるのかがわからない現状では、どうしても対応が後手に回ってしまっている。

しかし、ヘンリーの策に乗っかれば、奴らの初手の対象が俺とルイスに限定されるのだ。

さらに、あちらの手駒であるジャッキーをこちらに取り込んでいる事で、犯行日時も、方法も知る事ができる。

つまり、計画の詳細を知る事ができれば、対策も立てやすくなるという事なのだ。

俺やルイスなら、たとえもし本当に捕まってしまったとしても、まあどうにかしてみせよう。多少のセクハラも我慢するし、微細な計画がわかっていれば、絶対にダニエルがどうにかしてくれるという信頼もある。

俺はとにかく、アンジェリカが狙われる可能性だけは、なんとしても回避したいんだよ！

だから、このジャッキーの提案は『乗る』のが正解だ。

『虎穴に入らずんば虎子を得ず』だ。このチャンスに先手を打って一気に潰す！

気合を入れて、囮になる方向で話を進めていくぞ！

俺が、『囮作戦』を前向きに受け入れて考えていると、ジャッキーがヘンリーの計画の詳細を語り始めた。

「あの馬鹿王子、カイル殿下の執事がブラッドを見張っている間に、カイル殿下とルイス殿を自分の部屋に誘拐するつもりらしいんですよねぇ。なんでも、俺に協力させて、カイル殿下たちを自分の部屋におびき寄せる計画らしいですよ？」


は？　何、その子供騙しな計画。

マジでそんな杜撰《ずさん》な計画で、なんとかなると思ってるのかよ⁉

どこまで小物臭いんだ、ヘンリーは……。


「それって……、罠じゃないのか？　あまりにも計画として、色々杜撰すぎないか？　もう後一段階か二段階、計画が組まれているとか……」

「う～ん……。俺は、本気の計画だと思いますよ？　自分の部屋に魔力・魔術除け結界を準備していましたし……。わが国の強力な媚薬《びやく》や、色々な王子コレクションも取り寄せていましたし？　あんな如何わしい物体を片手に、楽しそうに会話ができるあの人たちは、完全なる異常者だと思いましたよ……」


やだ、何それ！　怖い‼

ジャッキーは軽い口調で言ったが、その光景を思い出して頭が痛むのか、片手で額を押さえ軽く首を振っている。

俺も釣られるようにして、頭を抱えてしまった。

何か裏があるんじゃないかとは思ったが、そんなものはないようだ。大本の計画自体は幼稚だが、その中身は結構本格的に考えられていた。

ただ、えげつなさすぎないか？『如何わしい物体』ってなんだよ？

そんなものを、俺たちに使うつもりなのか⁉


今や俺たち三人の瞳は、どこか遠くを見るものになっている。ミシェルは俺たちの会話が理解できないようで、キョトン顔で完全に空気になってしまっているし。

そんなものを使おうとしているなら、なおさらアンジェリカたちに目がいく前に退治しなければ‼

俺のアンジェリカで、そんな事を想像されるなど、それだけでも彼女が汚される！　妊娠したらどうしてくれるんだ⁉


「……ふぅ。やるしかないのはわかったけど、その計画実行日って、いつを予定しているんだい？　それに合わせて、こちらも準備する必要があるんだよね……色々と。特に、警護とか、警護とか！　警護とか‼」

ルイスも、ジェシカに迫ってくるかもしれない魔の手の事を考えたのだろう。顔色が悪い。さらに、俺たちの身の危険度もＭＡＸだ。

魔力・魔術結界なんか使われてしまえば、『切り札ダニエル』が使えなくなってしまうよな？　て事は、囚われてしまえば打つ手なしじゃないか、コレ？

魔力・魔術結界とは所謂、魔族と魔術具に対抗するためのものだ。この結界内にいる限りは、どちらの影響も全く受けず、使えるのは本人の持つ物理的能力のみ。

俺は、剣にはそれなりの自信を持っているし、多少の体術も使える。自分の身を、ある程度は守れる自信がある。

しかし、隣国の媚薬を使われるとなれば、対抗する手立てはないだろう……。

何故なら隣国の媚薬は、無味無臭で揮発性の高いものだ。だから、いつどこで使われるのかわからないんだ。おまけに効力もかなり高いと、聞いている。

普段は、解毒の魔術具を持ち歩いたり、執事が常に一緒に行動して、有害なガスなどは排除されるため、毒被害などまず出ないのだが……。

魔力・魔術結界が張られているのならば、媚薬を使う場所によっては、避けられずそのまま喰らうしかないだろう。そして、喰らった瞬間に無抵抗となるだろう事は、必至だ。

「かなり危険な提案をしているのは承知しているんですよ。でも、今なんとかしないと誰かが不意に囚われた時に、助ける方法が全くなくなるのも事実なんですよね……」

「……確かに。下手に助けにいけば、一網打尽にされるもんな……」

「これって、僕たちでどうにかできる問題なのかな？」

俺たちは、この詰んでしまっている無理ゲーの攻略方法を探して、暫し考え込んだ。

囮になるには危険すぎるが、ならなくても計画が実行されるのは事実なので、この状況から逃れる事は、まず無理ではないかと思われた。

なら、不意に襲われるよりも、待ち受けて受けて立つ方が余程撃退する可能性が上がるだろう。

ただ、ルイスの言う通りここまで用意されてしまうと、俺たちでどうにかできる問題じゃないとも思う。

その魔術具や媚薬を俺たちに使うつもりであると、しっかり証明できれば、違う対処の方法も取れるのだが、そんな事はまず不可能だ。

貴族の中には、媚薬を使って情事を楽しむのが好きな奴は、結構多い。使用自体が禁止されている訳ではないものを所持しているだけで、処罰はできないのだ。

魔力・魔術結界を張るための魔術具も、専属執事を持てない貴族はよく使っているものだ。

自分の寝室に使用して、後は厳重に鍵をかけておけば、外部からの賊の侵入を防げるのだから。それに、人間不信な者や、警戒心の強すぎる者なんかもこの魔術具を使っているので、こちらも容易に取り締まれるものではないのだ。

日本でもそうだったが、人の利便性を考えて作られたものだとしても、使う側の心根一つで悪事に使われる事は多々ある。

今回のヘンリーが用意したものも、言ってみれば、普段から普通に貴族の間で使われているものばかりなのだ。

それを、悪事に使うために上手く利用しているだけ。

あんなに小物臭かったくせに、ここに来て大悪党の頭角を現し始めたとでもいうのだろうか……？

「……ダニエル、何か良い対処法とか魔術具に心当たりは、ないか？」

どれだけ考えても、最適解が出てこない俺は、頭の後ろで両手を組み体をのけぞらせるようにして、背後に控えるダニエルに意見を求めた。

歴代最優秀といわれているダニエルなら、まだ俺たちが知らない魔術具や、結界への対処方法を知っているのではないかと思ったのだ。

だからもし、ダニエルにも策が出ないようであれば、この囮作戦は最悪諦めなければならないだろう。

その場合は、権力のゴリ押しで対処するしかないのか……。

できればそれは避けたいんだがな。

『理不尽な理由で、嫌いな者を排除する皇子』という評判は、将来の事を考えれば避けたい。しかし、それもアンジェリカと秤《はかり》にかけてしまえば、容易《たやす》くアンジェリカを選んでしまうのだが……。

そんな事を考えて俺がため息をついた時、それに被せるように、

「では、こんな方法は如何でしょうか？」

楽しくて堪らないという笑顔で、ダニエルの真骨頂ともいえるような方法が、俺たちに告げられたのだった……。

「あちらの罠にワザワザかかりにいかず、こちらで罠を張ってお待ちすれば良いのでは？」

笑顔で爽やかに言ってのけたダニエルに、俺は目から鱗《うろこ》が落ちる気分を味わった。

まったくその通りだよ！　無理ゲーを正面突破する必要なんて、どこにもねーじゃん‼

土管ワープ並みに、ステージスキップしてやれば良いんだよな！

見れば、ルイスもジャッキーも口と目を大きく開いて、ダニエルを凝視している。まさしく、盲点

を突かれたって感じだぜ……。

愚直に正面突破する事しか考えられなくなっていたとは、俺たちはよっぽど余裕がなくなっていたようだ……。

こんな時、やっぱりダニエルには敵わないと思うし、本当に頼りになるとも思う。

「確かに、そうっすね……。……俺、囮作戦くらいしか上手い解決策を見つけられなかったもんで、今日ここでダメもとで相談してそれでも何も案が出ないなら、もう、彼女を連れて逃げるしかないかと考えていたんですよ……」

ジャッキーが気の抜けたような表情で、茫然と呟いた。体中の力も抜けたのか、椅子の背もたれにズルズルと体を預けていく。そんな様子を見ると、彼がどんな気持ちで、今日この場へやって来たのかが、痛いぐらいにわかってしまった。

どこか投げやりに見えていた彼の態度は、まさしく投げやりそのものだったという事だろう……。

なんとかしたい気持ちの裏で、どうにもできないもどかしさがあったからこそ、親しくもない他国の皇子に対して不敬な態度を取っていたのだろう。

連れて逃げるしかないと考えてはいても、逃げたその先をどうすれば良いのかはわからない。まず、どこに逃げれば良いのかもわからないのだ。

だが、このままここにいる事を選んでも、ヘンリーとブラッドをどうにかできなければ、好きな女が地獄に落ちていく様を見なければならなくなる。

そら、投げやりにもなるわ。むしろ、今日の話し合いまで、よく我慢して頑張ったよ。

「僕も、カイルにはあまり危険な事に首を突っ込んで欲しくなかったから、ちょっと安心したかな。……駄目だな、僕は。どうしても僕は、ジェシカの事が絡むと冷静な判断ができなくなるみたいだ……」

ルイスも体の力が抜けたようで、椅子に深く腰掛け、瞳を閉じて顔を上向かせ、大きなため息をついている。

その表情に浮かんでいるのは、安堵だろうか。

ルイスは、子供の頃からジェシカに惚れていた。しかし、自分の気持ちに気づいた時には、ジェシカにはもう既に、ロバートという婚約者がいたのだ。

絶対に手に入れる事はできないと思っていたのに、今回の騒動が起こった事で、奇跡的に宝石を手中に収めるチャンスが巡ってきたのだ。

ルイスは今、ジェシカを手に入れるために必死で外堀を埋め、ジワジワと彼女が逃げ出せないように口説いているところだ。

次こそは誰にも盗《と》られるまいと、必死になっているんだよな……。

「……俺もだよ……。アンジェリカが危険に晒されるかと思ったら、冷静な判断なんて全くできない。こんな時はホントに痛感するよ……。自分が、まだまだ糞《クソ》ガキなんだって……」

俺も全身から力が抜けて、だらしなく机に懐いてしまった。思った以上に体に力が入っていたらしい。ホッと息を吐いたら、肩が軽くなった気がした。

ここ数日の間の、想像を絶するような変態との心理戦で、思った以上に精神が疲弊していたんだな、きっと。

マジで、優秀な側近たちがいてくれて良かったと思う。

俺は一人じゃ何もできない自信がある。俺だけの考えで動けば、大きな間違いを犯すと思うんだ。

だからこそ、信用できる優秀な側近が側にいて意見してくれるのは、とても大切な事だと思っている。

本来なら、穏やかな学園生活を送りながら、自分の側近を育てるって事が、王族が学園を卒業するまでにしなければならない、一番の仕事だ。


俺は暴君になるつもりなんてない。優秀で信頼できる側近たちにドンドン仕事を割り振って、隅々にまで目の届く国造りをしていきたいんだ。

だからこそ国を治める時には、優秀な人材は何人いても足りないと考えている。

自分の思想に共感して、そのために一緒に国を導ける人材が必要なんだ。イエスマンはいらない。力を誇示する奴も、自分が一番正しいと思って政治を行う奴もいらない。共に考える事のできる人材が必要なんだよ。

今の所、学園の俺の側には、優秀な側近はルイスとダニエルしかいないが、ダグラスだってこの先の回復次第では、十分な戦力となる。それに、王宮には既に優秀な人物が何人もいる。俺がこの国を治める時までに、彼らにも認めて支えてもらえるよう、現在は色々努力中なのだ。学園内のもめ事を解決したり、収めたりするのも、そんな努力の一つなんだよ。

そして、来年には、俺の弟やロバートの弟も、入学してくる予定だ。聞いた話によると、彼らに対しても、既に側近教育が始まっているらしい。彼らが、俺の側近として機能してくれれば、俺的にも凄く助かる。

今の流れで、ジャッキーの事をどうにかこちらの国に組み込む事ができないか……。今、思案中だったりする。

ミシェルとジャッキールートでのハッピーエンドは、確か『この国の王宮で務めるジャッキーと結婚する』ってものだったんだから、上手く事が運べば、ジャッキーをこの国で使う事もできるって事だ。そのためにも、今回の計画は成功させる必要がある。

こうして俺の側近育成計画は、目下進行中なのだ。


俺が、将来の事に思考を飛ばしている間、ダニエルは静かにお茶を淹れ直す支度をしていた。

俺の意識が区切りを迎えた所で、タイミングよく今の話し合いの議題へと意識を引っ張ってくれる。

こんな所も、本当に優秀だ。

「まあ、わたくしには、あの程度の魔力・魔術結界の魔術具は効果がありませんので、何かあれば対処はさせて頂きます。なので、皆様は、思いっきり自分の力を試して頂ければ良いかと、思いますよ？」

冷めてしまった紅茶を淹れ替えながら、ダニエルの心強いお言葉。

ダニエルさん……、ちょっとチートすぎませんか？

『ダニエルのバックアップ』という、最強のジョーカーを手に入れた俺たちは、次々と強気な作戦を立てていった。

まず、奴らの張り巡らせた罠の詳細だが……。

今日、ミシェルとジャッキーがこの部屋に訪れる事は、奴らも知っているらしい。

ミシェルが俺と親しくなりたいと希望した事になっているらしく、ジャッキーは『余分なライバルが増えないよう見張るために同席する』という名目で、ついてきたそうだ。

他の連中では、俺やルイスと確執があって入室許可が出ないだろう事を危惧したんだと。そこで、殆ど俺たちと接触していないジャッキーが、ヘンリーに見張りを命じられた訳だ。

ジャッキーにはここで、ある程度俺たちと親しくなるように指令が出ているらしい。三日ほどかけて俺たちとの友好を深めて、嘘をついてヘンリーの部屋へと誘導する予定、らしい……。

ヘンリーの部屋にさえ入ってしまえば、奴の用意した結界と媚薬で、俺たちを捕らえる事は簡単にできる。そして、捕まった俺たちを誰かが助けに来れば、そいつらも一網打尽で捕らえてしまおうなんて、考えているようだ……。


やっぱり、計画自体は小物臭いよな。


エゲツナイ計画を立てているかと思えば、計画の根底は小物臭がプンプンしていて、なんともアンバランスな気がする。

そこが気になる所なのだが、それが作戦の全容だというのだから、それに合わせてこちらも対応しなければならない。

これらの事を踏まえて、俺たちは裏をかくように綿密に計画を立てていったのだった。

話し合いが終わった時には、だいぶ遅い時間になってしまっていた。

俺との親交ができた事をわかりやすく示すため、ミシェルはダニエルに部屋まで送らせる事にした。

「気をつけて戻るんだよ？　……また、明日……ね」

「………」

部屋の前で別れる時、ジャッキーが甘く微笑んで、優しくミシェルに声をかけていた。

それに対して、ミシェルが不安そうな瞳でジャッキーを見つめている。

「大丈夫。どんな手段を使っても、必ず俺が、絶対にあいつらから守ってやる。だから……、そんな顔、するな」

「うん……。絶対に、守って、ね？」

ジャッキーがミシェルの手を取り、お互いの額を合わせて唇が触れてしまいそうな距離で、甘い会話を繰り広げ始めた。

なんだか、二人の周囲の空気だけがピンク色に染まっているようで、見ちゃいけない気がしてくる。

まあ、こいつらはコレが平常運転のようだから、これぐらいの触れ合いはやっておかなければ怪しまれるんだろ。


それはわかるよ？　わかるんだが……。

俺たちの目の前ではやめて欲しい！

ミシェル！　頬を染めてポーッとするのはやめなさい‼

ジャッキーも！　その雄丸出しの視線は、お外では禁止ですよ⁉

別に！　う、羨ましいからってこんな事言っているんじゃ、ないんだからな‼

11 迫る危機

昨夜の話し合いで、三日後にヘンリーとブラッドが張っているという罠を逆手にとり、こちらの罠に誘導する事が決まった。

その計画を実行するために、アンジェリカとジェシカにも現状の説明と、三日後の作戦の詳細について説明しておく事にする。


まぁ、なんだ……。つまり、朝からプチデートを楽しめるって事だ！

べ、別に昨夜のジャッキーとミシェルの、イチャイチャした空気が羨ましくて「俺もアンジェリカとイチャイチャしたい！」って思った訳じゃ……、ないんだからねっ。


そりゃあ、俺だってリア充なんだって、ちゃんと再確認したかったって理由も勿論あるけどさ？

それ以上に、現状がどれほどの危機に直面しているのかを、伝えておく必要があるって思ったんだ。

だから、ルイスと二人で相談して、こうして二人に会いに来た。

ただ、ルイスにもジェシカと二人きりになる時間が必要だろうと思った（勿論、俺にもね）ので、いつもの中庭でお互いの声が聞こえない程度の距離に離れて、デートを……イヤイヤ、説明を楽しむ……じゃなくて、行う事にした。

「……って事で、三日後は危険な事が起こる可能性があるんだよ。だから、十分に気をつけて過ごして欲しい。できればその日は、一日中自室にいてくれると嬉しいんだけどね」

入学式の翌日に、初めてこの中庭でデートした時と同じ、木の下のベンチを選んで二人並んで座る。

向き合うようにアンジェリカの方へと体を向け、彼女の手袋に包まれた手を両手で包み込むように握りしめ、アメジストのような瞳を覗き込んだ。

覗き込んだ彼女の瞳には、情けないくらい真剣で余裕のない顔をした男が、彼女に縋りついている様子が映り込んでいる。


あー。俺ってば、いっつも彼女にこんな情けない表情を見せてるんだ……。


地顔はイケメンなんだし、もっとキリッとした顔をした方が良いよな……。いつもこんな表情ばかり見せてたら、その内、彼女に愛想尽かされてしまうんじゃないかと、心配になってしまうよな……。

なんて事を考えながら、アンジェリカの瞳の中にいる俺の姿をボーっと見つめていた。すると、彼女の瞳がだんだん蕩けてきたのに気づいてしまったのだ。彼女の瞳はウルウルと揺れ、そんな瞳の中にいる俺自身も、そのまま溶けてしまいそうだ。

彼女のそんな様子に見とれてしまい、そのままジッと見つめてしまう。アンジェリカは、まるでその視線に耐え切れなくなったかのように、瞳をそっと閉じた。

その表情はまさしく、『キス待ち顔』ってヤツで……。

思わず引き込まれるように唇を重ねそうになったけど、俺はなんとかギリギリの理性で、唇の向かう先を額へと進路変更させた。

だって、今キスなんてしたら、絶対に色々止められなくなる！

俺は皇子である前に、健全なる思春期男子なんだ。一度暴走を始めたリビドーを、制御できる自信などない‼

こんな所で始める事は絶対にしないけど（その時は、抱えてでも場所を変える！）、多少の『お触り』くらいは、してしまうだろう……、てか、それくらいはさせてくれ！

彼女の兄が見える範囲にいるというのに、そんな事は絶対にできない！

でこチュウしている所ですら、ルイスには見られたくないのに‼

だって、今の俺、かなり鼻息が荒くなっていると思うぞ？　そんな興奮気味で余裕のない姿を、親友に見られるのって嫌じゃね？


俺は賢者だ。俺は賢者だ！　俺は賢者だ‼


キツク目を閉じ、アンジェリカの額に唇をつけたまま、興奮が落ち着くように心の中で繰り返し呪文を唱える。

少しずつ気持ちが落ち着いてきた所で唇を離して目を開くと、うっとりとした顔でアンジェリカが俺を見つめていた。


やめて！　これ以上誘惑しないで‼

小悪魔なの？　いや、大悪魔なんだな⁉


彼女を抱きしめてしまいたくて震える手をなんとか誤魔化し、もう一度、今度は軽くリップ音を立てて額に口づけた。

アンジェリカは、その口づけに少し不服そうで、拗《す》ねたような上目遣いで俺を見上げてくる。

そんな瞳《め》で見つめても、ダメなものはダメなの！

お願いだから、あんまり誘惑しないでくれ‼

これ以上は、理性が持ちませんから！

朝からこんな精神修行が待ち構えているなんて……。


大歓迎です！　毎日でも鍛錬したいよ‼


そんな事を思いながら、盗み見るようにルイスの様子を窺うと、あちらでも、ルイスが見えない何かと戦っているのがわかった。

アンジェリカやジェシカは、俺たちを誘惑しているつもりなどさらさらない事は、勿論わかっている。ただ、俺たちが思春期すぎるだけだ。

それでも、大好きな彼女の『好き好き光線』が溢れる瞳や表情には、煽られて当然だと思うんだ。

転生した直後に「やっぱ、この子好きだなぁ」なんて思っていた気持ちは、共に過ごす時間や小さな触れ合いが増えると共にドンドンと育っていき、今ではすっかり溺れてしまっている。

いや、気分的にはもう、溺死寸前だ。

前世での俺は、それなりの女性経験があった。なのに今さら、中学生以下な『お付き合い』で、これほど溺れてしまっている自分に驚きだ。でもそんな現状が、堪らなく幸せだったりして……。


はぁ……。

早く、思う存分抱きしめられるようになりたい……。

俺のハリボテ理性じゃ、すぐに限界が来そうだよ。

……だからアンジェリカ……あんまり、煽らないで……？

俺が自分の煩悩と戦っている中、デコちゅうだけでは物足りない様子のアメジストが、不服そうに俺を見つめ続けている。それだけで、俺の頭の中は18禁なアレやコレでいっぱいになってしまって、自分を抑えるのがホントに大変なんだ。

でも……、スゲー幸せ。

「取り敢えず。何が起こるか予想もつかないから、絶対に！　ブラッドとヘンリーには近づいたりしたらダメだからね？　後、何度も言うようだけど、計画実行の日は、できれば講義にも出ないで、自分の部屋に閉じこもっていて欲しい。……約束してくれるよね？」

「はい……、わかりました……」

脳みそ解けそうな幸福感に包まれながらも、小姑《こじゅうと》のように何度も同じ注意を繰り返す俺に、アンジェリカは、トロンとした表情で了解の言葉を発した。

これ……、ホントに理解しているのか？

あまりにウットリしている彼女の様子に、チョット心配になってしまう。

なので、彼女から一歩離れて、真剣な表情で彼女を見つめた。

そんな俺の変化に気づいたのか、アンジェリカも真面目な顔で俺を見つめてくる。

「絶対だぞ？　もし、俺との約束を破って危険な目にあったりしたら、本気で……、お仕置きするから……、な……？」

思わず、素の話し方で言ってしまった。

そんな、いつもと違う少し乱暴な俺の言葉にアンジェリカは最初、驚いたような表情を見せていた。

だが、すぐに頬を染めて小さく頷くと、再びウットリと俺を見つめてくる。

「はい……。もし、私が約束を破った時には、お仕置き、して下さいませ……」

ウットリとした表情での、そのセリフ。


アンジェリカさん、反則です!!

気持ち前屈みになってしまったのは、健全な男の子として当然の反応だと思ってる！


幸せな朝のひと時のおかげで、俺はその日、一日中ご機嫌に過ごしていた。

同じくらいご機嫌なルイスと連れ立って、いつも通り放課後のカフェテリアを訪れた時、何時も俺たちより早くに来ているアンジェリカとジェシカがまだ来てないなとは思ったが、大して気にしていなかった。

『すぐにやってくるだろう』なんて暢気に考えていたのだ。

よくよく考えれば、こんなのフラグでしかありえない。なのに、この時の浮かれ切った俺には、なんの危機も感じる事ができなかったんだ。

しかしいくら浮かれた俺でも、いつもミシェルたちが陣取っている場所に、ヘンリーとヒューイしかおらず、二人がソワソワしている事に気づくと、背筋に言い知れない悪寒が走った。

妙に心臓がバクバクしてきて、変な汗が次々と噴き出てくる。脳内の危険信号が、凄い速さで赤く点滅している。

ドンドン大きくなる不安を紛らわそうとルイスの方を見ると、奴も同じ表情で俺を見ていた。

今すぐ迎えにいってみよう。きっとまだ講義室にいるはずだ……。

そう考えて、椅子を倒すような勢いで立ち上がったその時、

「殿下……。アンジェリカ様・ジェシカ様・ミシェル様・ジャッキー様の四人が、ブラッド様の『あの部屋』に囚われてしまったと、お二人の執事から連絡が来ました」

いつもとは違う、無感情なダニエルの声が背後から聞こえてきた。

ブラッド

今年の入学式は、何時ものソレとはどこか違っていた。

何が違うのか、最初はわからなかった。強いて言うなら、『学園に漂う空気が変質した』とでもいうか……？

何時もとは違うソレに、ボクは気分が高揚していくのを感じていた――。

初めて彼女を見た時の気持ちは、驚きと興奮。

彼女の容姿は、ボクが求めてやまないあの娼婦に、とてもよく似たものだった。一度もボクを受け入れてくれる事のなかった、伝説の高級娼婦と呼ばれた彼女。

なんとか彼女を手に入れるため、巧妙に、そして慎重に、蜘蛛《くも》が巣を張るように罠を張り巡らせた。後はこの腕《て》に落ちてくるのを待つだけ……のはずだった。しかし彼女は、ボクを嘲笑うかのようにスルリと罠を躱し、手の届かないような遠くへ飛んでいってしまったのだ。

妊娠を理由に娼婦を退き、貴族に身請けなどされて、まんまとボクから逃げ出したんだ。その貴族は、彼女が人の視線に晒される事すら厭《いと》って、自分が所有する地の別荘に、彼女を囲い込んでしまった。

そんな事をされてしまえば、その貴族が誰かも知らず、繋がりも持たないボクには、彼女のいる場所さえもわからなくなる。彼女に逢う事は二度とないのだと、そう諦めていたのだ。

もう二度と手に入れる事は叶わないと思っていたボクの獲物。それが今、目の前に現れたのだ。彼女の娘という姿で現れた、ボクだけの獲物……。

ミシェルと名乗ったボクの獲物は、彼女を彷彿《ほうふつ》とさせる巧みさで次々と男を陥落させていった。その行動には、彼女のような聡明さを感じる事はなかったが、演技の可能性もある。彼女の娘なら、何か裏があってもおかしくないのだから。

捕まえるには慎重さが重要だ。あの時のように逃がすつもりは、さらさらない。彼女の時よりもっと綿密に、時間をかけて罠を張らなくては……。

ミシェルの取り巻きに加わり、日々を共に過ごす。彼女はボクの目の前で、娼婦のように次々と男を誑かしていく。彼女の娘だけあり、最後の一線を越えずに男を手玉に取るその才能は、流石としか言えないものだった。

側にいればいるほど独占欲が刺激され、凶暴な欲望が育っていく。必死に抑え込んでいても、次々と湧き上がる嗜虐心と征服欲。

日々強くなるその昂《たかぶ》りを鎮めるため、彼女と同じ瞳を持つ生徒を罠に嵌めた。貴族の子女といっても、所詮はただの子供。与えられる悦楽に陥落するのはあっという間だ。

ボクは、身代わりを責め苛みながら、頭の中で彼女を汚す。

本当は彼女に施す予定の調教を、身代わりに与える。その倒錯的な行為で、彼女に抱く嗜虐心を慰めながら、どうやって彼女を蜘蛛の巣に絡め取るのかを妄想する。

自分が壊れていく音が聞こえるが、それすらも媚薬のようにこの身の興奮を高めていた……。


そんな僕が彼らの存在に気づいたのは、偶然だったのか……？

いや、運命であったに違いない。


筋肉しか取り柄のないロバートが、カフェテリアで起こしたあの茶番。

彼女――アンジェリカは友人を守るよう、強い意志を秘めた瞳でロバートに対峙していた。

蔑《さげす》むような瞳でロバートを見つめ、辛辣《しんらつ》な言葉を投げつける。まるで、気高い女王のようなアンジェリカ。

汚された事などない——想像すらもした事がないであろうその瞳に、ゾクゾクするものを感じる。

気の強いあの瞳は、好きでもない男に組み敷かれた時、どのように変化するのだろうか……？

想像するだけで、下半身に熱が集まった。この修羅場ともいえる状況で、一人欲望を高まらせる自分が酷く滑稽で、その事でさらに興奮してしまう。

すぐにでも達してしまいそうな興奮の中、彼らはさっそうと現れた。

彼は、まるで大事な宝石を守るように、その背にアンジェリカを隠し、絶対的な強さを込めた瞳で周囲を圧倒し、事態を収束させた。

この国の皇子であるカイル殿下とルイスには、『顔の綺麗なお人形』というような認識しか持っていなかったのだが……。

何物にも汚される事のない、絶対王者の風格。そこに見え隠れする、まだまだ子供の域を抜け出る事のないアンバランスな色気。自分たちに足りないものを情熱で補うかのような、愛しい宝石に向ける真摯な瞳。

彼らの大切な女性に対する態度や、言葉にはボクの神経を掻き毟《むし》るような何かがあった。同時に、抑えようのない嗜虐心が芽生えてしまう。

彼らは、もし自分の目の前で愛しい少女が凌辱された時、あの強い瞳にどんな色を付けるのだろう……。また、愛しい少女の目の前で凌辱されれば、どんな声で啼《な》くのか……。

それは、とても耽美な誘惑で、その日から彼らを見かけるたび遠慮なく視姦《しかん》した。欲望を隠す事なく彼らを見つめると、怯えたようにボクから視線を逸らす。その姿にまた昏《くら》い欲望が高まってしまい、新たな生贄の子羊を手に入れる必要ができてしまった。だが、これは必要な犠牲だったと思う。

子羊たちに調教を施しながら、満たしきれない欲望を彼らの写真にぶち撒《ま》ける。それでも、まだ足りない。

この欲望は、本人にぶち撒けるまでは、決して満たされる事などないのだ……。

あの男の存在が気になったのは、彼があの男を頼りにしているのに気づいたから。

あの男は、執事という立場を最大限に活用して、カイル皇子の一番近い場所を手に入れていた。ルイスに向けているものとは少し違う、だが意味合いは同じカイル皇子の視線を、当然のように受け止めている執事。

まるでカイル皇子を甘やかすように、彼の意のままに動き、信頼の瞳を向けられるあの男。ルイスまでもが、同じ瞳であの男を見ていた。

その瞳は、本当はボクに向けられるべきものなんだよ？　そして、信頼を裏切られ絶望に変わっていく様を、一番近い場所で見るのがボクなんだ……。

なのに何故、君たちはそんな男にその瞳を向けているんだい……？

あぁ！　早く彼らを、ボク自身で汚したい……。

その身が、ボク自身でドロドロになるまで、何度でも……。

なんて素敵な光景だろう……。想像するだけで……、何度でも、イケてしまう。

アンジェリカ、ミシェル。君たちには素敵な首輪を用意してあげよう。上下の口を塞いで、ベッドの上で飼われる、ボクの可愛いペットにしてあげる。

カイル皇子とルイスには、暴れる事ができないように手足の拘束が必要だね。

彼らの辛辣な言葉が、哀願に変わる瞬間を見逃さないように、口を塞ぐのはやめておこう。

上手にお願いできたら、愛しい少女に触れさせてあげても良い。

それは想像するだけで、達する事ができるくらいの楽園だった。


その光景を目にしたのは、全くの偶然だった。隣国のヘンリー王子が協力を求めてきた、『カイル皇子捕獲計画』。

かの王子はミシェルに病んだ好意を寄せており、カイル皇子に一方的な敵意を向けていた。協力してやる義理などないのだが、ボクにとっても、それでカイル皇子が手に入るのであれば損な話でもないので、適当に合わせてやっていた。

その計画の一端として、ミシェルに協力するという建前で、ジャッキーが彼らに近づき罠に嵌める予定になっていた。

だから、カイル皇子の部屋から二人が出てきた時には、特に驚きも感じなかったのだが……。

その際に見せた、いつも通りのジャッキーのミシェルへの求愛の仕草に、彼女が確かに反応したのだ。

彼女の表情には、幼い欲情が見えていた。それを見て……ボクは、愕然とした。

彼女には、今まで『女としての欲』は、全く見られなかったはず。彼女の恋愛は、ゲームを楽しむかのように、『いかに身体を使わずに男を籠絡するか』が重点だったはずなのだ。

なのに、ジャッキーに見せた恋情を秘めたあの顔……。


……許さないよ……？

絶対に‼


もう、ヘンリーの考えた作戦なんてどうでも良い。

ミシェル、君を今から捕らえてあげよう。そして芽生えたばかりの恋情を、恋した男の目の前で粉々にしてあげる。

ジャッキーの見ている前で、淫《みだ》らに喘《あえ》がせてあげるからね？

好きな人の目の前で汚されて、君はどんな鳴き声を上げるのかな？　あの純粋そうに見える瞳が壊れる所が、見たい。汚される瞬間、君は目の前にいる大好きな相手に助けを求めるのかな？

それとも『見ないで欲しい』と泣き叫ぶのか……。

よがり狂いながら、君はどんな風に絶望していくの？

昏い喜びに身を浸しながら、ミシェルとジャッキーの二人を多少強引に罠にかけ、絡め取った。

誤算だったのは、オマケがついてきた事だ。

それも、嬉しいオマケが……。

今、ボクの部屋には四人の生贄がいる。捕らえた四人を見つめ、唇の端を吊《つ》り上げたような笑みを浮かべてみせる。その笑みに四人が怯えているのが、また……。

その瞳が堪らない……。

もっと、怯えて？　すぐに絶望も味わわせてあげる。

まずは、どの子から可愛がってあげようか……？

これから始まる楽しい時間を想像しながら、ミシェルとジェシカに媚薬を嗅がせた。

ジェシカにはさらに、媚薬を直接液体のまま口の中にも入れる。

薬が効いてくるのを待ちながら、両手を拘束したジャッキーの服を切り裂いて剝ぎ取り、そのすぐ側にジェシカを放置する。

媚薬が効いてくれれば、自分から服を脱ぎ、側にいる相手に縋りつくだろう。ミシェルは自分が好きな相手の目の前で汚されながら、好きな人が自分以外と交わる所が見られるんだ。

それは、どんな絶望を彼女にもたらすのだろうか……？


ああ、考えただけで……、ボクは‼

恍惚《こうこつ》とした笑みが浮かぶのが、自分でもわかるよ？　最高に、楽しい時間になりそうだ……。

アンジェリカは、どうやって壊してあげるのがベストかな……？

そうだ、アンジェリカには特等席を用意してあげよう。手足を拘束して、全ての行為が一番見やすい場所へ。

彼女には、親友が自分から汚れて壊れていく様をじっくり見せてあげる。あの茶番の席で、精いっぱいジェシカを守ろうとしていたアンジェリカ。

助ける事もできずに、目の前で親友が壊れる様を見る事が、彼女にどんな変化を与えるんだろう……。

そしてミシェル。今から君は可愛い姿を、ジャッキーによく見てもらおうね。

四人とも、うんと優しく壊してあげる。

さあ、狂宴の始まりだ――。

どうやら乙女ゲームの攻略対象に転生したらしい／完

【あとがき】

みなさま、はじめまして。

そして、ウェブでお付き合い下さっている方々にはこんにちは。

〝みなみ〟と申します。

ウェブで自由気ままに小説を書いていたら、書籍化して戴けたという何ともラッキーな一年の始まりに、半笑いが止まりません。

改めまして。

今回は、私の本を手に取って頂きましてありがとうございます！

「続くのかよ‼」というお声が聞こえてきそうな気がしますが。

そうです、続いちゃうのです。

ハラハラな所で「まて、次号！」な良くある展開ですが、これまた良くあるパターンでサクッと解決しちゃうので然程ハラハラせずにお待ちいただければ幸いです。

この後にも色々と問題は残っている訳ですが、「友情・勇気・勝利！」を合言葉に主人公には頑張ってもらいますので、温い笑みを浮かべながら楽しんで頂ければ作者もニヤニヤと喜ばせて頂きます。


最後に。

このように、私の拙い小説が書籍として世に出して頂ける事になりましたのは、お話を下さったマッグガーデンさまは勿論ですが、私の小説を楽しんでくださって応援までして下さいました、読者の方々のおかげだと思っています！

そして、素敵に美麗なイラストを付けて下さいました碓井ツカサ様、本当にありがとうございました！

二〇一七年　一月

みなみ

MAG Garden NOVELS

どうやら乙女ゲームの攻略対象に転生したらしい

発行日　2017年2月25日 初版発行

著者 みなみ　イラスト 碓井ツカサ

発行人　保坂嘉弘

発行所　株式会社マッグガーデン

〒102-8019 東京都千代田区五番町 6-2

ホーマットホライゾンビル 5F

編集 TEL：03-3515-3872　FAX：03-3262-5557

営業 TEL：03-3515-3871　FAX：03-3262-3436

印刷所　株式会社廣済堂

装　幀　ガオーワークス

本書は、「小説家になろう」(http://syosetu.com/) 作品に、加筆と修正を入れて書籍化したものです。

ISBN978-4-8000-0649-3 C0093

著者へのファンレター・感想等は弊社編集部書籍課「みなみ先生」係、「碓井ツカサ先生」係までお送りください。